間隙

寫給受折磨的你

The Gaps

平路

目錄

讀後

前言

你認為你的痛、你的心碎是前所未見，那麼，閱讀是辦法……

——詹姆斯・鮑德溫

鮑德溫接著說，閱讀帶來了聯繫。書上的文字告訴我們，折磨我的，可能也折磨著另一個人；能夠面對自己的傷口，才能夠了解別人也有傷口。

在我身上正是這樣，文字是最好的陪伴，也是最好的聯繫。更奇妙的是，在最難捱的狀況下，手邊握著的書常是我的解藥。它消除不安，它緩解疼痛，它奇蹟似地帶我走出低谷，文字聯繫著內心，帶給我療癒的力量。

之前，身為閱讀重度上癮者，我隨時在擬想本身的「荒島書單」：如果流放到荒島，限帶一個行篋，陪我到地老天荒。那麼，最想放入獨木舟裡的是哪幾本？

您呢？如果是您流放到荒島，獨木舟上裝著什麼書？

想像中，這本書原不在您的獨木舟裡。海天一色的時刻，海水中搖晃著一個瓶子，就這樣漂了過來，於是，您撈起它。接下去，會不會依靠著它？這問題關係著我本身的好奇。

我信仰文字，甚至膜拜文字，然而，我一直好奇，文字的極限在哪裡？譬如說，在心碎時可有慰藉？在艱難時可有療效？遇到病痛，可不可以隨時服用，如同帶在手邊的萬用藥？

經過困厄，我更加確認，在載浮載沉的時刻，閱讀陪伴我、支持我、啟示我。於是，像個連環套，一環扣一環，我悄悄祈願……這本書發揮實際功能，在某一個時刻幫助到您。

書裡章節中附上的「功課」，都屬於我的親身體驗，但願是可以分享的禮物，送給拿起這本書的讀者。

第一部

序幕

氣旋

確實足夠突兀，不止於我個人的感受？突然知道罹病的人，聽見診斷那一刻，事後回想，都有夢境的感覺。

「這場夢什麼時候醒？」「回到過去夢醒前的一刻，多麼好！」幾乎是罹病的人共同的心聲。

坐在診療室裡，懷疑電腦螢幕上的影像會不會弄錯？病例攤在醫師面前，清楚的大字「惡性」，接下去，醫師的語氣很平常，已經在告知外科手術的排程。

接下去，醫院裡做術前檢查。候診椅子上，等待的無論是什麼，我總帶著書。焦灼的時刻，自顧自沉浸在手邊一本書中。

住進醫院，隔日早晨動手術。看見床前有個插座，拜託親人再回家一趟，我需要家裡那盞閱讀小燈。

如同之前的旅次心情，飛機遇到大雪或颶風，當行程出現變故，撞上無從預知的狀況，困在毫無移動跡象的隊伍中，或是蜷睡在機場地上等待天明，由隨身背包內拿出書，就立即安定下來。

手術前夕也是這樣，晴朗天氣巧遇一個熱帶氣旋……

手裡握著書，閱讀在任何時候都讓人安適。愈是紛亂的心緒，文字的慰藉愈是實惠。

或許我本來就不是多話的人，平日即使開口，語言的功能往往限於實用範疇。突然罹病，這時候多言無益。我猜，陣地戰前夕也是這樣。拂曉前，戰壕裡的大兵互相拍拍肩膀，一個字不必說，情況險惡到超出語言表達的範疇。

接下去，勝算難以預卜，要等手術後的檢驗報告才稍微明朗。親如家人之間，默默交換眼神就夠了。「因為我是我，因為他是他」[1]，家人懂得的。

這時刻關心則亂，說什麼呢？平常日子裡，人們隨口迸出一些話，有時候言不由衷，有時候草草應付，最糟的是，語言用來填空，不知道自己說了什麼。畢竟，語言留在心的淺層，由文字而來的體悟則具有層次，無聲地沉入自己心底。

病後，一次打開電腦，蹦出來一個句子：

書本　成了拐杖
離了它
寸步難行[2]

真的，哪裡找這麼堅實的拐杖？

放下書，停下來想想，一切怎麼開始的？

那一天[3]，在外科門診，第一次從醫師口裡聽見確定罹癌的消息。……醫師寫下手術日期，下一位病人已經進來，等著看診。我扶住椅子站起身，眨眨眼睛，單子上確實是我的名字……但怎麼會是我？

自認是體力甚好、體能也不差的那種人。飲食算是節制，我小心揀選送入口的東西；睡眠更是自己的強項，幾乎從來不失眠。游泳、瑜伽、走郊山，維持著適量的運動。心理素質應該說穩定，工作質量也算是恆定。或許不夠關注身體的微細變化，除了年齡一年長一歲，aging？回想起來，身上並沒有ing的感覺。

跟生病勉強扯上關係的是我多年來晚睡。夜晚，常常是靜心寫作的時間。我以為每個人有自己的生理時鐘，而那個時鐘日升月恆，它已經找到運行的規律。

一向自恃健康，我盡量不去醫院也不去檢查身體。二〇一八年底，工作機構有例行體檢，之前，我拖了兩三年沒去做，這一回也是隨興勾選，另加兩三項自費檢驗項目。報告回來，紙上一切正常，幾個癌指數也都正常。血液結果那一頁，血液淋巴球的兩項指數落在正常範圍外，紅色的字很醒目。

熟識的那位小說同行，恰恰是血液專科醫師。一起吃飯時我提起這兩項指數，他囑我到門診掛個號。我聽從他的話，在門診開驗血單再驗一次，指數回到正常範圍。驗血報告上我膽固醇不低（記憶中從來不低！）而我又從未服藥，醫師順便

（只是「順便」）排一次冠狀動脈電腦斷層。

冠狀動脈沒什麼事，然而，影像底下有一個附注，電腦斷層掃到肺葉（「順便」掃到？）需要進一步檢查。後來想起來，屬於這齣驚悚劇集的預告片。

電腦斷層掃到的問題僅是第一個破口，它令人不安。像是劇情中置入懸念，引誘我繼續追下去。

過些日子，再次電腦斷層，我猜這次對準肺部。報告出來，肺葉有個小於一公分的結節，周邊帶點不規則。判讀報告中，不規則的部分像棉花？像棉花糖？放射線X光下霧霧的，像起霧的玻璃？如果不是與自己相關，「毛玻璃狀」的形容其實頗富詩意。

接著掛胸腔外科。這位醫師不是多話的人，看過我的電腦斷層，他動作超快，五分鐘後，已經排定手術日期。

一邊排日程，醫師遞給我一本關於肺癌的小冊子。有幾頁已經摺起來，醫師告訴我，手術細節都在那幾頁內。

稱謝後站起身，走出診療室，意識到事件大條。原以為只是看起來可疑？不，不止可疑，高度懷疑是惡性腫瘤。豈止高度懷疑？一枚腫瘤穩坐在體內，自己是肺腺癌患者！

抬頭望著天，陽光熱度急降。低頭看手機，近期有些排定的活動，遠程也有。手機還下載著未寫完的小說，隨時在增刪，明年後年？完成期限將會往後延遲。日程表必須「重置」，人生規劃必須放緩，我猜，那是每個人確知病況後的反應。

罹病，時間的感覺不一樣了。如同回到童年，鐘錶師傅用工具撬開腕錶，一堆齒輪在手裡撥弄。那時在孩子眼中，世界初初現出形狀，時間原可以調整快慢。時間該調快還是調慢？手術是個變數，之後的化驗結果又包含著變數，不確定性一波接一波。

等待手術那一陣，我有機會就去鄉間走路。浮上心頭的是，快走還是慢走？時間速度變得怎麼樣？

後來我住進醫院，牆壁上的鐘有個超大鐘面，秒針一格一格往前跳，每一秒發出聲響，清脆如金針落地。當時躺在病床上瞪著鐘面，想不出配置這隻鐘的特殊意涵？為什麼它又有特長的秒針？

我隨意想答案：每一秒滴答一聲，提醒病人準時吃藥，一秒不差的必要性；還是一寸光陰一寸金，揶揄著病人在床上虛度的大把時間？

排定手術那早晨，牆壁鐘面上，秒針好久才走一格。仰望玻璃瓶中的食鹽水，跟著秒針的慢速滴入手臂。突然間麥克風響了：「某某床的病人請準備。」這裡是九又四分之三月臺？時間以飛快的速度向前衝……

匆匆坐起，進盥洗室，換穿衣服，志工扶著我的床，經過長廊上的地磚，清楚感覺出地上的裂隙凹凸。半閉著眼睛，推床飛快朝前，感官變得格外敏銳。

新大樓推到舊大樓，甬道內，傳來窗外噴泉水柱的聲音。記得上一次我站在窗前，等著的是門診進度，當時，還存著逃過一劫的可能性。光影切換，另一輛推床擦身而過，匆忙的腳步，朝相反方向推過去。

進電梯又出電梯，我平躺著，大半時間閉起眼睛。輪轆聲音中，坐的是雲霄飛車？推床繼續前行，下一秒，想著魔幻又迷離的電影《潛水鐘與蝴蝶》[4]。我這一刻有些明白，導演朱利安．施納貝爾那些不對焦的鏡頭，頗似這推床上視網膜映現的光影。人生片段錯綜流過，宛如眼前一瞬；或者說，這一瞬胡亂剪接，頗似沒什麼道理的一生。睜開眼，目光迎著是水池中的倒影，磚柱、拱型窗，頗有縱深的花木院落……

「借過！借過！」志工一路吆喝，朝向廊內人多的地方繼續推進。過路的人腳步匆匆，沒人多看一眼推床上躺著的病患。我悄悄嘆一口氣，迎面過來的人哪會知情，推床上的病人依然有豐盛的想像。

轉一個彎，輪軸吱吱響。我腦袋裡轟轟然，浮現的是《潛水鐘與蝴蝶》書裡的字句：「我可以在空間、時間裡翱翔，到南美洲最南端的火地島去，或是到神話中的米達斯國王的皇宮去。」

密室逃脫的遊戲正在進行？那扇翻轉時空的小門藏在哪裡？插一對羽翅，逃出去了？飛得愈遠愈好。

推床接近手術室，腦袋愈發電光石火。穿過暗下來的甬道，眼前重映的是科幻片《星際效應》[5]。身軀縮成一片，接著進入那處「時間」被彎折起來的「蟲洞」？畢竟整個宇宙，在「拓撲學」的模型中，如同一隻翻過來的皮球。

就在這裡，時間像皮球一般折疊起來，藏身在皮面的皺摺[6]中，我很快就要跨越極限！

推床抵達手術室門檻。最後一段路段，我把握時間，趁著記憶依然完好，腦袋裡響起《銀翼殺手》[7]的經典獨白。生化人Roy經歷星際旅程，見過最壯觀的宇宙，眼前是最後一瞥，這一生將成為灰燼：「我們在獵戶星座攻擊燃燒的太空船，我看過C射線，在天國之門的黑暗裡閃耀。那些時刻，都將消逝在時光中，一如淚水，消失在雨中……」

我心中最美的畫面，Tears in rain？

艙門打開，全身被兜起，翻滾到另一張手術床上。打斷我的是一串問句。「叫什麼名字？」「生日是幾月？」頭頂上醫療燈大亮，一個接一個的問題。

一遍又一遍報名字、報生日年月。即將接上麻醉藥了，穿白袍的靠過來問我：

「開刀是哪一邊？左邊還是右邊？」

病歷上寫得明白，身上也有清楚標記，卻要在這時候問病人哪一邊，我在心裡嘀咕。需要病人幫忙確認？……我記起手術時切錯邊或切錯器官的笑話。

「右邊。」中氣滿滿回答。

或許是必要的醫療程序，確定病人在手術前意識清楚。手術在即，我告訴自己，多一些參與感是好事，若自顧自在另一個宇宙漂流，所在位置是銀河系的獵戶旋臂，醫療團隊會嫌棄這病人太過疏離。

下一刻，接上麻醉藥劑。過了多久？我的時間知覺……暫時歸於零。

功課

知道逆境將至，心裡緊張就難免亂念紛飛，過渡混亂的日子，走路，這是我最常用的方法。

譬如從排定手術日期直到入住醫院，只要有機會，我就去郊外走路。在山邊或是水畔，恆定的速度，一路走下去。聽著自己的腳步聲，偶爾抬頭，沿途還有風景可以看，就更好了。

不一定山邊水畔，可以是任何地方。腳步配合著呼吸，試想自己的心放在腳下。地面出現坑洞，腳底有感覺；地面的凹凸，心裡也感覺得到。

走著走著，每個步子速度平均，穩定地落在地面上。

心情躁亂的時候，自己陪著自己，散步去。

混沌

諾蘭導演的電影[1]中，「時間」像是可以前後翻轉。我也逆轉時間，把結論倒過來講：從知道罹病至今，若細想一次，比以前的生活，糟麼？

其實，我說不上來。

比起以前，快樂多一些還是少一些？

我也說不上來。

多年來，我以為本身是個快樂自持的人，但「快樂」可能是一副面具，戴著面具、扮演各種角色，穿梭在化妝舞會裡。

生病是個轉折點，靈光一閃，許多領會非常及時。

似乎也多理解一點叔本華，譬如，叔本華說過：「有一個與生俱來的錯誤，那就是認為我們來到這世界，目的是要過得幸福快樂。」目的是要過得幸福快樂？真的？誰規定的？被某種刻板印象洗腦？多年來，這說法讓我深信不疑。

年輕時候，捧著叔本華的書，讀也讀不懂，那時著迷的只是語句裡的轉折趣味。現在有機會反芻，才體會到其中的深意。啊啊，生病後，頭腦彷彿打開另外的通路。接續叔本華上面那一句，以下由我自己延伸：「正因為以為快樂是目的，才種下許多不快樂的源由。」

叔本華是例子，生病，有什麼撞了過來？瑣事放一邊，敲著腦袋，懂了？懂了！前面大半生我混沌度日，也一直嫌自己不夠聰明，碰到下雨天，就肖想著……衝出門被雷電擊中，如同接上天線，神經元飛快傳導，電解質流速飆升，落在枯水期的多巴胺振衰起敝，想不通的事突然有解，破解出對我而言重要的意義。包括找不著答案的數學方程式、難以收尾的小說舊稿，啊啊，都重現天日，一切豁然開朗，我的人生就此不一樣。

突然生病，好像被雷打中？經此重重一擊，悟出來……其他時刻怎樣都得不到的啟示。譬如說，叔本華的句子令人撞到腦袋，正因為它是個翻轉：唯當把幸福快樂的執著放開，解除那個「設定」，才有機會接近內心的自在。

好像一路在爬竿子，一路往上，快到頂了，才抓抓腦袋，發現搞錯了。整件事有些尷尬，從一開始，應該爬的是另一根竿子。

病了，驚奇地發現到，沒有一件事是原先想的那樣。

這概念並不陌生，我曾經朗朗上口，只可惜，我鮮少用在自己身上。譬如在小說課堂，我時時跟學員分享，小說的趣味在於：讀下去，事情不是原先想的那樣。

我樂於招認，自己之所以鍾情於小說，正因為事情不是原先以為的那樣。拿起一本書，剝開洋蔥一般，一層層抽絲剝繭，露出每個人的內心動機，卻只顯現半個真實，包括讀者以為人物在深情告白，然而，沒有說出的一半才包藏著線索。不知不覺中，手指黏住書本（或者電子書閱讀器）繼續翻頁，一頁又一頁，直到出現更深一層的真相。

小說反映人生，人生也同理可證。它不是原先想的那樣。愛情不是、婚姻不是，而眼前的尋常日子，亦不是以為的那樣。碰到更大的事，譬如病苦，更不是事前所認定的那樣。

病了，它充滿驚奇，不是原先以為的那樣。

回憶起來，孩童時常有這類經驗。祕密角落裡……從未見過的一枚甲蟲、一隻掉隊的螞蟻，還有外殼碎裂的蝸牛……手指阻斷一條路，旁邊又搭起一座橋，猜測著牠怎麼樣走過去。

現在輪到我自己，遇到逆境，能不能走過去？

童年時那隻蝸牛，外殼被踩碎了，牠還蠕動著往前挪移。一步又一步，體內的機制重新啟動，螺殼若是修復，牠可能重獲生機。如今，罹病讓我走上彎道，彎道上充滿未知、可能別有風景……不是原先預期的那樣。

讀過的書曾經教我，遇到困境的時候，以中性詞彙在心裡描述現狀。病了，身體已經縛上一堆鉛塊，若又先入為主，把一堆負面詞彙冠在自己頭上，如同添加身體的負擔。

「悲慘」?「痛苦」?「不幸」罹病?真的嗎?還不知道是不是真的那樣。

不舒服是現狀,若又認定上演的是齣「悲劇」,結局一定「痛苦」,命運一定「悲慘」之類的,預設的劇情對「我」這個角色並不公平。

病中,我經常提醒自己,譬如針頭來了,與其將「痛苦」、「可怕」、「難以忍受」這類詞彙放在身上,倒不如換個念頭,想想「這情境很奇特」、「這經驗前所未有」。

我甚至以電腦軟體硬體來比擬自己,想著「運算法出現bugs,尋找對應策略」、「暫時當機,正在軟體更新」等,這類語法帶來不一樣的感受。

電腦是譬喻,卻讓我拉出距離來看待自己。病了,當作程式轉換、當作系統重置、當作更換主機板,要不,當作回廠保養(兼升級),面對自己的病,說不定,頭腦也因此出現嶄新的認知功能。

頭腦需要更新，因為存入了太多罐頭程式。幸福快樂的標準，屬於這類罐頭程式。想想看，怎樣才是幸福快樂，哪有既定的標準？

我到底多麼愚痴？直到病了，才看清楚那是個套式。若執意要遵循套式，一心想達到原先的標準，甚至逼自己去頻頻做比較。自己跟別人比、現在跟以前比，達不到預期的標準，就認為自己出了問題，怎麼不像健康的人一樣，朝標準直直衝刺。

另一方面，生病的時日為什麼難熬？為什麼痛苦？正因為煩惱著怎麼做不到，怎麼離原先的標準愈來愈遠，然而，不妨問問自己，標準誰訂立的？跟內心所尋求的，一定相關？一定相符？

病了，驟然停頓下來，我會想一些平常無暇多想的問題，而這一類自問自答，正在幫自己解除「設定」。對於我，同時是個契機，有機會出現新的認知功能：不去比較、也不去介意是不是幸福快樂，「你裡面有個東西，不跟人比較的情況之下，就是好的。」[2]

反過來看，病後我若還比來比去、若還是心裡咕噥：「從前我如何如何」、「我曾經計劃如何如何」、「不是這場病，我早就如何如何」，咕噥著與當下再沒有任何相關的事，還痴想回到從前的生活，簡直是自虐了。

病過，我告訴自己，就眼前這樣，這樣就是好的。

功課

散步時可以一邊調氣。上坡覺得累或者有點喘的時候，您試試以下這種呼吸方式。

站著也可以練習。

訣竅是收緊肚腹，鼻吸口吐，氣由「海底輪」吸上來，經過「喉輪」呼出去。想像由下而上，那裡有一個一個閘口，練習一陣，慢慢會有感覺。

所謂氣由「海底輪」吸上來，想像是有個圓圓的脈輪在那裡：吸氣時，氣由脊椎最底部的脈輪一路往上。

「海底輪」或「喉輪」，屬於「脈輪」的概念。依照瑜伽的說法，「海底輪」又叫做「根輪」，在軀幹的根部。您發揮一下想像力，可以想成脊椎最底部。

氣息由「海底輪」深吸上來，經過「喉輪」，從口裡吐出去。過程中記得收緊核心肌群。或走或站，時時做幾個深吸深吐，是不是覺得很有元氣？

瑜伽修習裡，「海底輪」代表能量的根基。

這樣的呼吸法，不只健走時可以恢復體力，緊張時也有助於穩定心情。等著進入診間，感覺到有些緊張，我會用這種方法吸氣吐氣。

試試看吧，這個方法非常容易。氣息經過喉輪，從口裡慢慢吐出去，深吸深吐，心情會跟著靜下來。

執念

「有一個與生俱來的錯誤，那就是認為我們來到這世界，目的是要過得幸福快樂。」病後，源自叔本華的這句話敲響我腦袋。乾脆多承認一些：我是執念很深的人，我喜歡專注於自己的小小宇宙。

我的小小宇宙，像是護城河環繞的城堡，只有極少數人，我願意垂下進入城堡的梯子。一旦通過那厚厚的城門，進入這個城堡，就是我心裡在意的人。正好像城堡中其他配備，從此留在固定位置，不容許任何變動。

多年來，我對習慣的事或物皆有執念，它們一成不變最好。對已經擺入內心城堡的東西，恨不得唸一句咒語，像是迪士尼版的《冰雪奇緣》，不要變不要變，就此鎖入冰封世界。

這特質大概非常明顯，及早就被人指認出來。當年在「普通心理學」必修課上，一位同學找出專有名詞來形容我，Fixation 。他指著我說：「Fixation 的人，像你這樣。」我當時聽得霧煞煞。同學說：「這種人熟悉了某種狀態，就死也不肯改變。」

Fixation？預告我的人生？聽起來很沒有救，以黑膠唱片做隱喻，唱針沒有新的可能，一再滑進舊溝槽。後來似乎真的如此，我總是掉回原來的軌跡，轉也轉不出來。

執念，同樣也表現於感官經驗。我一次又一次去同樣的餐廳，點同一樣食物，為的是重溫味蕾的記憶，期待舌尖上的經驗再一次回來。

回溯起來，生命中偶爾有觸機。七折八轉，無意中總會碰上貴人。

譬如有一次，飛去英國參加古堡婚禮，我屬於跨海來的親友。同桌客人並不熟識，漸漸也久坐無聊，對著桌上各色開胃前菜，不時就拿起小勺小叉，送進嘴裡嚐一嚐。同席有位來自香港的女子，說廣東話，寬邊勾紗帽下的眼神透出世故。見到同席的人對食物的好興致，她冷冷地說：「食左啦？咁樣？淨系第一口最好食！」（吃過了？怎麼樣？只有第一口最好吃。）

當時，我悚然一驚。事過許多年，仍然記在心裡。不想要相信她說的話，而我確實屢試為真。第一口最最好吃，第二口，差了些，供人回味前一口而已。

我這種人，天機淺而嗜欲深。點醒我的執著，她是我的貴人！多年來，我的執著在於：一口接一口，期待第一口的好滋味重複再來。

因為貪戀，因為痴想，我曾是一個寶愛東西的人。一隻髮夾，一枚戒指，一塊石頭，在手裡把玩。喜歡的東西，小心收在盒篋裡。盒篋也是精心挑選，放進去務必是適當的位置。好像鳥雀銜樹枝來築巢，一枝一葉，自以為有結構性的意義。

住家更是如此，自從留學生時代，租賃的公寓或是搬入的屋舍，我努力讓它符合自己心意。每次搬入新居都以為就此住定下來，打造的是安居的巢穴。搬家小卡車到來時才驚覺到，我與任何一處居所的緣分都不長。

回溯我的人生，經歷幾次跨國與跨洲大遷徙。由臺灣留學美國，在美國中西部讀書，搬到美國東岸工作；又遷回臺灣數年，再到香港工作，再搬回臺灣。

生涯中搬遷成了常事，還好有日常小事，讓我認定它無從改變。咖啡是例子，捧在手掌心那一杯，我選擇的總是中烘焙，帶一點核果香，入口在恰恰好的溫度。

恰恰好的譬如掛畫，牆壁上多高多低，左調調右動動，寬窄留白要恰到好處，差一點都覺得礙眼。對著掛上去的畫，我經常再呆愣一陣，確定毫無違和之感。

為什麼非如此不可？彷彿「強迫行為」，我堅持要用習慣了的東西，抵死不肯放棄。難道說，透露的是內心強控制的需要？

舉一個愚痴到可笑的例子。

那天午夜，倫敦市郊小客棧裡，床頭小几放著上好鈴聲的鬧鐘。第二天清早，天微微就要趕到希斯洛機場，搭飛機去南美。我在旅館房間，跪在地毯上，前面已花了一個鐘頭，用梳子用衣架，後來是卸下環扣，拖過來壁櫥裡的燙衣板，往床底下猛戳，試圖讓一個瓶子從床底滾出來。

這趟出差很特別，並不是一次無罣礙的旅程。出國前一日做過切片，尚不知道結果，如果腫瘤是惡性，那是半年內再度罹癌。出差是在履約，早已訂下的會議，機構設定的拓點規劃，機票旅館等已事先付款，不能夠不來這一趟。

前一個鐘頭的情況是我洗完臉，手一推，塑膠瓶滑進去床底下。床底縫隙很小，彈簧床墊非常厚。想出過各種讓瓶子滾出來的辦法，都不奏效。勾出來一些又滑回去；眼看就要順利滾出來，卻又愈滾愈裡面。

瓶子在床底，愈發搆不到了。瓶子裡剩下一點化妝水。早上洗臉後習慣的動作，將化妝水在面頰上拍拍。

天快亮了，兩三個鐘頭後就要奔赴機場，彷彿是警匪片現場，直升機在頭上盤旋，狀況陷入膠著，我與瓶子在拉鋸！

我蹲坐在地上愈想愈可笑。回臺灣就要面對結果，接著可能進手術房，以後不知道怎麼樣，此刻卻苦惱於這個瓶子。我怎麼也不肯放手，想要從床底下勾出那瓶用剩的化妝水。

坐在地上，我笑出淚來，笑自己的執念有多麼深。

龜毛於小事，我就是這樣過日子。這些年，書架前走來走去，那方寸之間是我流連的地方。

走兩步，繼續微調前後幾本書在書架上置放的位置，包括相鄰的兩本書，擺放方式是一本與隔壁一本串起某種聯想，這是找書時我的「定位裝置」。腦袋的GPS彷彿有記憶功能，別人借去的書，在書架上留下一個空洞。出現空洞多少令人掛懷，因為它中斷了書與書之間的聯想。

文字更不用說，表現我龜毛性格的極致。寫下的字我無比苛求，好似手工打毛衣，拆拆又織織，過不去自己這一關。熟識的編輯們都知道，我的專欄稿常是在截稿最後一分鐘傳至。不是不理解編輯等得心焦，我覺得多看一遍，改幾個字，似乎更達意一點點。

為什麼糾結於細節？為什麼遲遲不肯交出完稿？若沒有截稿時刻，真會無止盡地前後挪移，跟自己的文字耗下去。

交朋友亦如此，一旦認定了，認定了就是一生一世的友誼。然而，我是不是自作主張，自顧自替對方決定心的流向？自己不改變，就不允許對方有任何改變，這份黏著性，也可以解釋我對親密關係的渴求……

對我這種人，發現身體有病，可能是大病，乃是被迫坐在地上，對著滿布灰塵的床底，望見這畫面多麼可笑。笑聲停住，我張大眼睛，看清楚了眼前的真相。

世間是「火宅」[1]，我這間屋子著火了。梁柱垮下來，轉眼灰飛煙滅，難道還像從前，記掛著心心念念的東西哪裡去了？

變動它來得太快？

它說來就來，這次是地動天搖。再想想，毋寧是件好事。像是迎面過來的大棍子，棍棒敲下來，敲醒我這個執著的人。

之前，怎麼會想不明白？

不願面對真相，我的選擇是閉起眼睛不去看。身為父母唯一的倚仗，這些年經歷過一些事，包括為父母一手處理身後事。當年，坐在父母的舊物件中間，每件東西握在手裡，摸著就不忍心丟棄。一天拖一天，一堆堆東西放在屋內，完全沒有進度。到後來，父母家裡的東西分成兩半。一半委託給工班，卡車運一運，運去垃圾場；另一半原封不動，跟著我直到現在。

承認吧，我的愚痴異於常人。實境之外，竟還需要夢境來點醒我。

那是六月一個清晨。

前一個月，微創手術切除了部分肺葉。我恢復很快，第二個星期就作息正常。六月初的一日，在晨起之前，我做了個夢，似醒非醒，那日的夢境記得很清楚。

夢中，我看見失火的房子，而火光裡，竟然是此生珍愛的一切。衣服、器物、收藏的小件等，原本置放得好好的東西，在眼前成了灰燼。夢中，我眼睜睜望著，完全無能為力。

那些衣服啊，我寶愛過它們，每一件都有特殊的感情。有的衣服帶著強烈的個性，曾經營造錯覺，鋪陳出某種劇場感；有的留下過甜蜜的記憶，手裡摸搓，衣袂間仍有暗香盈袖。

衣服的布料就更為講究，夏季要透氣，穿上身自清涼無汗；冬季則溫暖密合，那曾是最貼近身體的感官記憶。

一件件舊物情深，皆屬於過去的自己。那日醒來，注視著櫥櫃裡的衣服，原來件件皆可拋。像是《列子》那則燕人故事[2]，火燒一回，哀樂既過，夢中哭泣的人已經不是我。

未來一天，物質世界裡珍重的東西，都會絲絲縷縷地散落。我望著周遭，哪還有任何一件衣服是捨不下、丟不掉的？

The Gaps

功課

想想看，哪些是非如此不可的事。

打叉打勾，列出如果不那樣就會抓狂的狀況。寫下您生活中最不可缺的配件，少了它或丟了它，就不知道怎麼繼續過日子。

再看一眼，確定麼？列出來的東西真那麼重要？

或許，只是認為它極其重要，誤以為沒有它，自己就不是自己了。其實，那些非如此不可的事，跟這個「自己」，沒什麼相關。

這個「自己」，並不等於這些非如此不可的身外物。

日常生活中，認定一件事應該怎麼樣，八成九成也是個錯覺。

譬如，走進燈光柔和的餐廳，望著角落一個人吃飯，我們先入為主，以為她或他沒有人陪伴，心情必然有點苦澀、有點寂寞。

真的？

說不定，那個人喜歡這樣獨處的美食時間。

眼睛看到那個人的孤單、寂寞，此刻心中衍生出的種種，與那個人的實際狀況並沒有關連，反映的只是自己的認知而已。

盤子裡的食物，一個人吃，專注於品嚐。像是「一蘭拉麵」的空間設計，獨處時滋味更好。

打量著別人，眼光又轉回來評斷自己。平日裡，我們的念頭就這樣七上八下。

心思來來回回，許多狀況，真是自己以為的那樣？

這個反思，對於罹病的人尤其有意思。病是苦，苦麼？或許只因為這樣的概念熟悉，習慣稱它是「苦」。

試想一下「苦」的形狀、聲音，靜心觀察一下，描述一下，或許「苦」並不是原先想像的那樣。

因為習慣，我們給事物一個熟悉的名字。這熟悉的名字反映我們的慣性，並不表示某件事必然是怎麼樣。

樹木希林[3]是典型的例子。當她乳癌復發，擴散到全身多個地方，看在外人眼裡，她一定心情沉重。樹木希林卻以輕鬆的筆調寫著：「有的時候，我都感受不到自己有癌症呢！」

癌細胞蔓延到全身，亦不全然是苦。有的時候狀況好，有的時候不好，健康的人也常有這樣的高高低低。

病了，習慣跟自己訴「苦」，跟別人訴「苦」。想一想，我們要表達的僅僅是：生病的日子跟原本的日子不一樣。

不一樣讓我們不安，然而，那不一定是「苦」。

彩虹

經歷一次手術，記得的都是微小的事。

序幕揭開的一瞬，長長的針管刺入，注射進去墨水。標注出體內的腫瘤，手術刀不會切錯。

針刺是一種「標記」方式。

有些時候用畫的，用筆塗在皮膚上。畫一個圈，中央打叉。像刺青？像生肉上的檢疫印戳？

皮膚上做「標記」，活像蓋印的豬肉，生肉上有戳印，好似回到市場擺放溫體豬肉的年代。注視自己胸口，聯想起豬隻的處境，忍不住笑出聲，在這種……啊死了……死定了的時候。

笑一笑，瞬間劃破許多假象。若不是處在這種境地，哪有機會理解豬隻面對屠刀的反應？標記畫在胸前，其實是給我個機會，體會出豬隻與自己的關連。

作家米蘭．昆德拉喜歡描寫笑，笑一笑，就看到……我這個人真的好好笑。

手術後記得什麼？麻醉劑在消退，眼裡有模糊的光影，有人在屋子裡穿梭。剛才自己去了哪裡？依稀有一絲流連……

身體軟綿綿的，逐漸回到這個世界。

白袍走來走去，這是手術過後的恢復室？殘留的藥劑讓人恍惚，心情卻十分輕快。後來想想，與全身麻醉時停滯的系統有關，手術後跌深反彈？腦內啡正由谷底飆升。

第二天，拔掉了管線，我儘快下床走動。甬道盡頭有大片玻璃，我站在窗前，遠望天際的灰雲，「你是天空，其他一切事物只是天氣。」[1]佩瑪．丘卓[2]的話跳上心頭。

之前，推介新書的場合，有人找我簽書，若是要求作者在書頁多寫幾個字，我經常不假思索寫下：「風雨寒暑，皆天惠也。」這樣寫是祝福？是期許？還是我早有預感？我始終相信，文字像是回力球，說是寫給讀者，其實是寫給自己。橡皮筋彈一彈，隨時又回到手邊。

再一天，搭電梯下到中庭，過馬路走到公園散步。

再過一天，細雨不停，在走廊上來回踱步。

走廊上瞥到推床，準備下去手術吧。念頭跟著推床往前移，不知道躺著的人將經過什麼，床推回來的時候會是怎麼樣。

病室不時傳出各種聲響，聲響來自床頭的機器設備。身上連接各種管線，病人吃力地呼吸，聽在耳朵裡，病人睡得並不安穩。

仔細聽，聽到什麼？微細的呻吟又好像是：「活下去」、「我要活下去」。或者，聽到的是我自己心中的聲音？轉回身，牆壁上張貼著「術後復健須知」。有圖有文，包括處理各種複雜狀況。我特意站遠一點，這是劫後心情？一關才剛過去，眼前這一刻非常美滿，明天氣候怎麼樣，我並不想多知道，這一刻就管這一刻的事。

「不要想修改天氣，只能在其中過日子。」[3]小說裡一句話，適時跳到我心上。

天氣令人有感，特別在這個時候。

中學階段，我讀過教會學校。當年，女校學生們不一定愛聽牧師講道，聖詩集裡那首〈主未曾應許天色常藍〉[4]卻是人人會唱。曲調很簡單，唱著，有一種出自內心的歡喜。

「主未曾應許天色常藍，人生的路途花香常漫……」那時候，我不清楚這首聖詩的作者[5]是誰，也不清楚她本身是重症患者。當年，什麼都不懂的年齡，一群少女高聲同唱，「主未曾應許天色常藍」，哪裡能夠體會世事多艱難？

大難說來就來，預存著幾塊潤喉糖，哪一日口乾舌燥，有點準備是好事。

貫串我人生，口袋裡的潤喉糖總是書。

我信仰文字，過去那些年，書架上的書讓我理解自己。關於書，瑪格麗特・愛特伍[6]的名言是：「試圖將文字組合在一起做一些它們分開時所做不到的事情。」她所組合的文字確實做到了。譬如說，那本《盲眼刺客》[7]，讓我明白自己成長的憂傷，它奇幻的療癒力更勝於魔法。

如今身體出現狀況，病了，可有輕減憂患的特效藥？

有的有的，譬如在候診時間，我手握那本自述罹病過程的書，書名直譯就是「該怎麼生病」[8]。作者托妮·伯恩哈德本身是慢性病患者，在書中，她頻頻用天氣做譬喻。

伯恩哈德原本在加州大學教授法律，去一趟巴黎，旅程中罹病，從此行動很困難。她必須放棄教職、放棄交誼、放棄難得的家庭聚會，放棄許多原先喜歡做的事。鬱悶時她告訴自己，天氣會變好，烏雲總有過去的一刻。

即使痛苦難捱，還是有感覺不錯的時候，這是天氣的隱喻。惡劣天候裡，伯恩哈德在病榻上望向天邊，她告訴自己，說不定，下一刻就掛下一彎彩虹。

伯恩哈德長期臥床，她為自己找到不少的開解方法，有的出自她原來的禪學基礎，譬如以一個字dukkha[9]為例，她在書中解釋，dukkha 這個字出自比梵文更早的巴利語，英文譯做suffering。比起suffering，伯恩哈德認為 dukkha 的意思應該更為多元、更為多彩多姿，包含著在英文裡無法翻譯的細節。

伯恩哈德的說法讓我這讀者想到，當年在菩提樹下，悉達多王子證悟後講的

dukkha，到底什麼意思？

我猜，在釋迦牟尼時代，dukkha這個巴利語，說的是每個人深刻的體驗。

我們的文字裡，dukkha 翻譯成為「苦」，經過這道翻譯，是不是也增加一些額外的重量？一世一世下來，dukkha 原來的意思愈來愈少，自覺受「苦」的人用這個字，「苦」，變得愈來愈「苦」！後世人把自認是「苦」的意涵都塞入這個字裡，是不是減損了dukkha在當年巴利語環境中，更有開展性的意涵？

佛陀的時代，在輕鬆分享智慧的氣氛裡，說不定，dukkha 的意思也像是天氣，怎樣的狂風、暴雨、閃電、驚雷，間隙中，還是有陽光灑進窗臺的時候。

功課

我一向喜歡甜點。常想著巧克力蛋糕捲，或者塞滿鮮奶油的泡芙，想著菠蘿包中一塊黃澄澄油滋滋的奶油，感覺上幸福無比。

緊張時刻，試試看，想像鮮奶油在體內淋澆下來，慢慢融化、均勻滲下，無論是坐著、站著或躺著，想像白花花的鮮奶油，正滋潤自己每一寸肌膚。可以由肩膀處流下來，也可以由頭頂到腳心，更可以是每一處內臟器官。專注於那塊鮮奶油帶來的溫暖與滋潤，彷彿真的嚐到了，唇齒之間湧現滿足之感……

它有一個名字，叫做「軟酥之法」。

這名字出自於白隱慧鶴[10]，他是日本江戶時代臨濟宗的禪師。白隱禪師年輕時身體出現問題，他創出「軟酥之法」，救治過許多人。

生病的時日，這套「軟酥之法」對我幫助很大。無論下一步等著自己的是什麼，針頭、手術刀，或者是醫師宣讀檢驗結果，想像奶油澆淋而下，讓我全身放鬆。這個方法陪伴我度過許多艱難時刻。

之前人生中，我偶爾需要上臺，望見底下許多隻眼睛，心裡怯場，加上深怕出錯，我用過另一種放鬆方法。

我想像自己是一隻舊襪子，舊到沒有一點張力。譬如說，把自己想成耶誕節墜掛在壁爐上的襪子，又大又軟，任何東西都可以丟進去。

專注於自己是一隻舊襪子，心情立即鬆下來。

試試看吧，若您在繃緊神經的時刻，演講或演奏之前，或者坐在等待面試的椅子上，等待無論是好消息或壞消息，試想自己是隻舊襪子；或者，如果您像我這樣喜歡甜點，試試上面說的「軟酥之法」。專注於想像那澆淋而下的鮮奶油。閉上眼睛，自身彷彿在鮮奶油裡融化開來。

「軟酥之法」推薦給您，健康的日子揣在口袋裡，以備不時之需。

注釋

氣旋

1 出自法國哲學家蒙田（Michel de Montaigne, 1533-1592）《隨筆集》（*Les Essais*）裡的〈論友誼〉。原文為：Parce que c'était lui, parce que c'était moi. 繁體版二〇一六年由臺灣商務出版，書名為《蒙田隨筆全集》，譯者為潘麗珍、王論躍。

2 出處是微博，版主是丁丁當與Miao。

3 二〇一九年四月間。

4《潛水鐘與蝴蝶》原文書名：*Le scaphandre et le papillon*，原著由尚-多明尼克．鮑比（Jean-Dominique Bauby,1952-1997）所著。出書十年後，於二〇〇七年改編成同名電影，由朱利安．施納貝爾（Julian Schnabel）執導。繁體新版二〇〇六由大塊文化出版，譯者為邱瑞鑾。

5《星際效應》原名為：Interstellar，二〇一四年上映，克里斯多福．諾蘭（Christopher Edward Nolan, 1970～）所執導的科幻片，內容講述一組太空人穿越蟲洞為人類尋找新家園的冒險故事。

6《時間的皺摺》原書名：*A Wrinkle in Time*，一九六二年出版，作者為麥德琳．蘭歌（Madeleine L'Engle, 1918-2007）。二〇一四年，繁體版由博識圖書出版，譯者為謝佩妏。

7《銀翼殺手》，原名為：Blade Runner，電影改編自菲利普．狄克（Philip K. Dick, 1928-1982）的小說。我始終喜歡一九八二年的經典版，導演是雷利．史考特，演員是哈里遜．福特。

混沌

1 克里斯多福・諾蘭所執導的《天能》、《星際效應》等，內容常在探討時間相關的議題。

2 出自《人間是劇場》（*Life as Cinema*），皇冠文化（香港）叢書。這本書是宗薩欽哲仁波切的演講合集，這句話在P.362。

執念

1 火宅是佛教用語，《妙法蓮華經》卷二：「三界無安，猶如火宅，眾苦充滿，甚可怖畏，常有生老病死憂患，如是等火，熾然不息。」常用於比喻熾燃著煩惱火焰的輪迴世界。

2 語出《列子・周穆王第三》裡「燕人返國」的故事，這是我自己非常喜歡的一則寓言的注釋，全文是：「燕人生於燕，長於楚，及老而還本國。過晉國，同行者誑之，指城曰：『此燕國之城。』其人愀然變容。指社曰：『此若里之社。』乃喟然而嘆。指舍曰：『此若先人之廬。』乃涓然而泣。指壟曰：『此若先人之冢。』其人哭不自禁。同行者啞然大笑，曰：『予昔紿若，此晉國耳。』其人大慚。及至燕，真見燕國之城社，真見先人之廬塚，悲心更微。」晉人張湛注：此章明情有一至，哀樂既過，則向之所感皆無欣戚也。

3 樹木希林是日本演技派演員，一九四三年生於東京，一生中曾有過兩段婚姻，一九七三年與搖滾樂手內田裕也再婚，將近四十年處於分居狀態，二〇一八年去世。

彩虹

1 這句話的原文是：You are the sky. Everything else -it's just the weather.

2 佩瑪・丘卓（Pema Chödrön, 1936～）是藏傳佛教尼師，也是創巴仁波切的弟子，並為加拿大甘波修院（Gampo Abbey）的常駐教師。

3 原文是：You can fix the weather, you just have to get on with it. 出自小說家道格拉斯・亞當（Douglas Noël Adams, 1952-2001）的《銀河便車指南》（*The Hitchhiker's Guide to the Galaxy*），繁體版二〇〇五年由時報文化出版，譯者為丁世佳。

4 《普天聖讚》詩歌526首，原名為：God Hath Not Promised。

5 詩歌的作者是傅安妮（Annie Johnson Flint, 1866-1932），嚴重的風溼症讓她行動不便，其詩作有她親身的體驗。

6 瑪格麗特・愛特伍（Margaret Atwood, 1939～）是加拿大最傑出的小說家。

7 《盲眼刺客》原書名：*The Blind Assassin*，繁體新版於二〇一八年由天培出版，譯者為梁永安。

8 原文書名為：*How to Be Sick: A Buddhist-Inspired Guide for the Chronically Ill and Their Caregivers*，作者是托妮・伯恩哈德（Toni Bernhard）。繁體版譯為《佛法陪我走過病痛》，二〇一一年由商周出版，譯者為賴隆彥。

9 dukkha是佛法中的「第一聖諦」。

10 白隱慧鶴（1685-1768），十五歲出家，後以「軟酥之法」與「內觀祕法」救人無數，著有《夜船閒話》。

第二部

緣遇

親緣

知道患病，掃地機器人加速轉圈圈，塞滿雜物的抽屜自動清空，之前，困住自己的是些什麼？

回溯往昔，我這個人是怎麼變成今天的我？

過去在受訪時刻，主持人常說：「謝謝你配合，你是最配合的。」然而，為什麼我那麼習慣配合別人？

配合別人是習慣？有時候，也是不知道怎麼說「不」。

若往深層挖掘，以為是個性的一部分，或許與成長環境更為相關。譬如，我不多說話，因為從小就理解到，語言可能有倒鉤，碰到別人的敏感部位會造成傷害。用字遣詞，我小心不要刺著別人，因為深深知道那樣的感覺多麼痛。

過去我有多年的媒體生涯，擔任過報社主筆，也寫過多年評論，免不了犀利的時候。自己解釋是事關公共議題，確有非犀利不可的理由。平日與人相處，我不是爭強好勝的個性，能夠退讓就退讓，總想著別人的不容易，我是帶點怯懦的人。

然而，溫馴只是表面一層。剝開來，底下又是什麼？

回溯小時候，父母管教我非常嚴格。養我長大的母親氣場強大，任何場合見她一個人講話，旁人只能夠做聽眾，她尤其喜歡把丈夫的疼惜拿出來炫耀，把自己的幸福講給別人聽。我跟在旁邊，瞅望著旁人的臉色，我即早學到了不出聲比較體貼、也比較安全。

那些時日，我並不知道，母親的強勢有理由。她的婚姻裡藏著祕密。在人前逞強，或許為掩飾恩愛後面的失望與空虛。

還是怪我這個孩子，掰開彩繪的人偶，俄羅斯娃娃肚腹裡藏有玄機，我的存在，就代表婚姻曾經出現重大狀況。一層層對剖開來，關係著當年不透明的時代，也關係我父親以及生母、養母……三角關係中的糾結勾纏。

在包藏著祕密的家庭裡長大，我敏銳於尋找各種線索。親緣帶來的困惑，始終是我心中難解的謎團。直到至親相繼過世，我在睡夢中淚眼回眸，竟是原諒別人容易，而放過自己最困難。某個意義上，我從來沒有停止怪罪自己：我疼愛養母的日子不夠多，我知道真相的時間點太遲，在之前，我不理解養母待我的方式，我對她近乎苛求，欠缺替她設身處地的柔軟與包容……

回顧過去，親緣糾結如繭，走過時兀然隆起，像是在平直的地面設下路障。這裡那裡，碰上就一陣怔忡。

同樣溯源自小時候，我養成苛求自己的習慣？這些年，經常不自覺緊皺眉頭，認為自己做得不夠好，父母對我從來沒有笑臉，是不是讓他們失望了？是不是負欠他們的期待？

莫非童年的陰影仍然在那裡？我寧可默默內省，卻拙於用語言表達自己，而愈是介意，愈不敢說出真正的感覺；在親密關係裡，我的怯懦愈發明顯。萬一對方生氣，弄到關係生變，不睬我了，怎麼辦？

努力配合別人，溯源自原生家庭的習慣？諸般壓抑、隱忍，因為怕？因為愛？還是因為缺乏自信？缺乏孩子由全心被愛而產生愛人的反饋？

那麼，不夠愛自己的人，可以說愛別人？《真愛旅程》[1]小說裡，那位妻子在給丈夫的便條末尾，總是隨手寫下「我愛你」。到後來，一切即將結束，妻子自我檢視：這個在便條上習慣寫的「愛」字，它只是習慣、反映著習慣配合別人的心態，還是有任何實質的意義？

經過這些年的歲月，我的內在清汙過程持續進行。看似向前走，一條腿陷入泥沼，還在厚而濁的泥巴裡。

火山泥一路拖拉，泥濘中，那條腿象徵我的踟躕。內心深處，是不是還淌著灼燙的岩漿？

初次聽到音魔合唱團[2]的搖滾曲〈Show Me How To Live〉[3]，拉開喉嚨，我也一起吶喊。其實，那時候我沒那麼年輕，早已經度過叛逆的歲月，為什麼一首歌的曲詞如此驚動我？竟讓我內心的壓抑翻騰開來。歌詞指涉的是耶穌在十字架上，那是孩子不明所以的天問。扣問著掌握生殺的父親，為什麼任由孩子降生在世間，又令他背負難以承受的重擔？

整首曲子充滿力道。其中一段歌詞是：

Nail in my hand（釘子在我手心）
From my creator（由我的創造者而來）
You gave me life（你給了我生命）
Now show me how to live（現在，告訴我怎麼活下去）

這首歌引起我強烈的共鳴：為什麼給我生命，又要我負荷這樣的重擔？為什麼？為了驗證什麼？

我堅毅、我隱忍，皆是障眼法。我在生身祕密裡不明不白地長大，真的沒有怨？灰燼底下埋著燒成烈焰的火苗。

父母過世後，再過一些年，我寫出《祖露的心》。《祖露的心》出版後，發表會裡討論新書，偶爾有讀者問起，問我是否已經放下，放下一切親情的負擔。我的回答常是《祖露的心》結尾那句話：我告訴自己，糾結的已經過去，今後每一刻，都該當歡喜。

說的是「該當」，只是「該當」而已。

回答時我有些遲疑，若問自己有沒有完全釋懷，借助小林一茶[4]的俳句似乎更為適切。小林一茶有一首關於故鄉的俳句，將俳句中「故鄉」替換為「父母」，整句就是：

「父母啊，挨著碰著，都是帶刺的花。」

情緣

對於我，親緣挨著碰著，依然刺刺的疼。

我自己是例子，而我猜想，每個人都曾在不可解的情感中困惑過：少時是親緣；成長後，常是情緣。

病了，許多事驟然頓住。停下來想想看，雙手抓住的，真是自己需要的？如果不是，如同亞歷山大舉劍劈開「高登結」[1]，繩結斷掉，大半生的禁錮將迎刃而解。

躺在病床上，時鐘滴答滴答，知覺到此生有限，剩下的時間正在讀秒。它是個提醒，一塊石頭丟進水面，瞥見親密關係是泥濘的池子，一圈圈正在攪動。

靜下心，攪動的池子立即安定下來。或許只有一瞬間安定？一瞬間也好，現出清明的心靈狀態，不再是往昔的泥濘池子。

以親密關係為例，每對伴侶之間，都存在過快樂的時刻；另一些時刻，或也互相埋怨，或也激烈爭吵，或也瀕臨分手。即使多年夫妻，生活中難免有些波折，失望、妒忌、嗔恨、佔有欲、累積的不滿等情緒曾在兩人中間發酵。若是溯源，或許開始的期待就錯了，譬如說，找到「另一半」的說法十分誤導，剛開始就已經走上歧路，關係建立在錯誤的期待之上。找到失散的「另一半」，意味著靠另一個人來恢復完整，於是努力尋覓，試著找到對的伴侶，然而，癥結根本不在那裡。

再以我自己舉例，親密關係曾出現問題，皆歸因我的錯誤期待，曾一味強求……別人以我需要的方式對待我。然而，兩個人出自不同的背景，如何定義關愛或表達關愛，許多時候，雙方差異很大，亦可能恰恰相反。

未以我需要的方式去回應我，許多時候，我在心中記上一筆，認為裂痕大到不可彌補。然而，若將我本身的期待拆解開來，以為需要愛，以為被人關愛的時候才叫做幸福、才叫做完整，為什麼需要這樣的完整性？潛意識中，是不是憂懼自己落單？而這份憂懼它始自童年，小女孩眼睛裡，害怕沒有人搭理，巴望有另一個人來確認自己是誰。

想通了許多事，這件事未必想得明白：需要別人來證明自己，正是內心不安的源頭。

或多或少，我並不是特例。成長經驗中，每個敏感的孩子都有過這類經驗，擔心自己沒有朋友。小女生的友情世界，形成一個一個小圈圈，潛規則是，若未被納入任何一個小圈圈，別人眼光中，就是個不合群的「怪胎」。我記得，自己曾暗自擔心，同學們審視我，會不會看出我一點也不喜歡上學？會不會看出我是個奇怪的小孩？偏偏有許多活動，譬如體育課跳土風舞，要求兩個人一組牽起手。平日有好朋友的自然找到彼此，帶點孤僻的孩子，總會擔心落單了怎麼辦？沒有人願意牽起自己的手怎麼辦？

擔心落單，對敏感孩子是無形的壓力。為了在別人眼光中，看起來合群、有人緣，孩子隱藏起自己的特質，努力做出「從眾行為」，希望在別人眼中，自己符合「正常」的框架。框架漸漸內化，一路長大，隨時掂掂看，舉止是否適當、是否得體，習慣由別人眼中評量自己，又由自己眼中評量別人，屬於每個孩子必經的社會化過程。

跨入成人世界，外表看起來毫無異狀，當年的孩子益發從眾、益發有人緣，但有得亦有失，益發合群的同時，擅會跟自己玩的小孩哪裡去了？融入社會的同時，「正常」的框架也一路構成壓力，就連本身幸福與否，漸漸地，也需要透過外人眼光來確認。

我不是例外，我們可能都不是例外，在今天社群媒體盛行的時代，介意的是Instagram 上有沒有追隨者？臉書有多少「讚」？生日到了，幾個朋友送來生日祝福？遇上情人節，有沒有出現星級酒店吃大餐的貼文？眼前二十一世紀，我po故我在，這場「人緣競賽」升級又延長，介意的是別人眼光中，生活是否po出來繽紛又多彩。

貼文中呈現的幸福快樂？修圖軟體所合成的幸福快樂？其實，都是別人眼中的幸福快樂。想想看，這個框架其實無趣、僵硬，也缺乏想像力，而這個媚俗的框架更關係著我們社會怎麼定義孤單的人、失志的人、罹病的人，也關係著淪落於框架之外的人，為什麼害怕被貼上標籤，成為所謂的「異類」。

擔心自己落單，遊戲時沒有人牽手，在敏感孩子心裡留下深刻的烙印；長大後，我們經常依賴親密關係來確定自己。

尤其病痛來時，身心倍感虛弱。這時候，若有一個人在旁邊，可以歇靠在他臂膀，更貼心的是，這個人替自己記住瑣事，記住就診的日程，陪伴自己走進醫院。

不安全、不踏實的時刻，尤其需要確認本身在另一個人心裡的份量。什麼都不確定的狀況下，有人陪著我，如同掛保證，以此確定我這個人還有存在價值。艾倫．狄波頓[2]在《我談的那場戀愛》的形容非常真切：「我們身邊環繞著許多根本『不』記得我們是誰的人，雖然我們曾對他們說過無數次自己的背景，但他們仍不斷忘記我們到底結過幾次婚、有幾個小孩，或是我們到底叫布萊德還是比爾，是凱翠娜還是凱瑟琳（而我們也同樣忘記他們的背景）。所以若能在另一個人的臂彎裡找到遠離精神分裂的避風港，而此人又能完全牢記我們的身分，豈不令人感到安慰？」[3]

身體有狀況，需要親愛的人在旁邊，這時候，病人心思也益發細膩。隨時在注意，親愛的人是否記得我吃藥時間、是否記得哪一天去醫院複診、是否為我條列出問醫師的問題，不信任的眼光打量對方，有沒有牢記住就診時的各種細節？

更何況未來莫測，罹病的人對著鏡子看自己，即將變這樣或變那樣。想著掉落頭髮的我、瘦骨伶仃的我、渾身病氣的我，那時候，還是我麼？

擔憂自己不成人形，多少也會擔憂到那時候，伴侶不會守在身邊。

《我談的那場戀愛》裡另有一段話，寫的是與女友走在街上，碰到一位擦身而過的女士。女友問他：「假如我臉上有她那樣大的胎記，你還會愛我嗎？」

期待的是標準答案，男友信誓地說：「親愛的，我一樣會愛你。」

人同此心啊，對著心裡在意的他，忍不住傻傻地問，如果這樣、如果那樣，如同江蕙唱的那句：「石頭會爛，請你要相信我。」即使海枯石爛，對方應像鹽柱一樣屹立不移，這豈止是「酒後的心聲」，恐怕是任何對愛情有依賴的人的心聲。

狄波頓的文字是：「在我失去所有可以失去的一切後，你是否會因為我永遠不會失去的（部分）而愛我？」[4]

預設的答案只有一個。答案是繼續愛，沒有任何改變地愛下去。

當病到失去形骸、失去神智，在失去所有可以失去的一切之後，什麼又是那個不會走樣、不會變形、不會失去的「我」？如果我這樣那樣，你會愛我？你還會愛我？如果我病到這樣那樣，可不可能繼續愛我？

強求下去，像是手持炸彈的恐怖份子說：「敢不敢？你敢，敢說不再愛我！」

身心在違和狀態，需要救生纜繩。罹病的時候，快溺斃了，對身邊親人問各種問題，那是三番五次確定，救生纜繩緊緊繞在身上。

其實也因為病帶來改變，讓人失去平日的平衡感，似乎有理由要求關切與憐惜，然而，如果病患總在計較……陪病的親人怎麼還沒出現，或是身邊的伴侶怎麼心不在焉，悄悄打量著對方，他分心去了哪一方？眼光急切地尾隨對方，暗暗計較著，他可曾注意到我的辛苦、可曾憐惜我這個病人的羸弱……病患與其在心中釀製情緒，倒不如止住自憐，想想那個根源，盼望被人憐惜只是最表層，在心底，擔心的究竟是些什麼？是孤單？是寂寞？是一個人面對困境的慌張？陰影源自童年？還是陰影另有根由？

人人都有慧根，好在……我們心中原本存著一份清明。

當時我年少，第一次讀到紀伯倫[5]的詩句：「愛不擁有，也不被擁有。」這句話橫空而出，閃電一樣直擊到我心裡。或許肇因於我原生家庭的專斷氣氛，家長把孩子視為意志的延伸，那份理所當然，曾讓我極度痛苦。後來，當人生遇到各種狀況，我總是以紀伯倫的句子提醒自己。

「愛不擁有，也不被擁有。」即早就知道？後來又頻頻自我提醒？但多年下來，我依然習慣於要求、習慣於依賴，奢望的是繼續、恆久、永遠……之類的事。

成長歲月中，經過一層層漂染，早已不是年少的我，當初的清明卻偶爾在心底迴盪。問題是，我需要怎麼樣的周折才能夠恢復直覺、記起初心？因為生病，因為停頓而瞬間回神，許多事的領悟非常快。

如今回溯，幸而有這場病，病後心境改變，與罹病前大不相同。親密關係在往昔，少不了纏繞糾結，現在正逐日放下。想不開的時候，我在心裡複誦小說家瑪格麗特．愛特伍的句子：「希望被愛是最後的幻覺，放下它，你就自由了。」

過去與伴侶相處偶有齟齬，多屬我自身的問題。我往往執著於此或執著於彼，審視他是否用心、他是否改變，他是不是當年遇到的那個人，但反過來看，就算是對方一點沒有變，就算是「人生若只如初見」[6]，那麼，是不是就能夠少去煩惱？時間分秒向前，而眼前的我早已不是當年那個「我」，「我」時刻在流變之中。對今天的「他」而言，當年的「我」，只是往日的記憶，只是一個模糊的幻影。

自己在變，卻希望別人留在幻影中？手術後我睜開眼睛，罩袍之下全無遮掩，與疤痕身體直面相對，才看清楚我一貫的瘡洞人生。

病過了，心窗打開一扇，眼前浮現出前所未有的清明。回溯起來，病床上最無助時，不是別的，原是這份清明……讓自己安度各種狀況。

The Gaps

出離心

「但莫憎愛，洞然明白。」這是禪宗三祖僧璨的句子。上半句是：「至道無難，唯嫌揀擇。」[1]要這樣、不要那樣，喜歡這樣、不喜歡那樣，我曾是個挑剔的人，處處在揀擇。

感情上挑剔，眼裡容不下一粒沙。愈對親愛的人愈是如此，對方一句話或一個動作曾讓我傷心良久。生病，確實是件隱藏版的禮物。病後這個間隙，隨時靈光一閃，不再是往昔的泥濘池子。

舉日常的例子，手術後兩星期，伴侶主持一處志工活動。我自告奮勇幫他教一堂課，那一節過後，我想要去散步，跟他說會回頭去找他。課程結束，伴侶帶著志工們換到另一個地點繼續聊，忘記跟我說一聲。

我在附近繞來繞去，終於找到他了，伴侶站在一群女性中間。我站在遠處看他，伴侶正眉飛色舞，他沒有看到我？或許眼尾掃到了我？他興致地發言，應該瞥到了我，但他並不想……意識我的存在。我記起過往，伴侶是這樣的人，許多次在舞池跳舞，有人湊到他身邊，他丟下我這個舞伴，跟著別人一直跳下去。

站在遠處望著伴侶，同時問我自己，有沒有一點介意？

我默默踱回家，一路上想著，為什麼要介意？

踱著步子在想，這一件以為自己會介意的事，正在教我功課。「你最重要的東西，就是你最需要出離的對象。」宗薩欽哲[2]在書上寫著：「它往往是你最不希望出離和最難出離的東西，但你還是要出離。」

生病之前，我的腦袋是個容易卡住的機制。往昔的不滿與怨念等等，從未真正清除乾淨，如同跳針的黑膠唱片，一遍遍跳進同樣的溝槽。

譬如說，我記得那個畫面：當年新婚才幾個月，我買了個電熱水壺，惹惱了伴侶。開車到半途，伴侶叫我下車，我站在零下溫度的雪地，抱著水壺，不知道怎麼辦。大賣場離家幾英哩，人與車都極為稀少，我一直尋找遠方靠近的車燈，眼巴巴盼望伴侶轉回頭來接我。雪愈下愈大，白茫茫一片，我記得雪地裡找不到路的慌張……

為什麼記得那麼清楚？

那個插曲經過拼裝組合，與婚姻中其他齟齬連在一起，化膿、結痂，成為我心底過不去的溝坎。

然而記憶有盲點，揉合著自以為是的偏頗。若換個角度，回到當年的實境，留學生夫妻的甘苦日子裡，我又何嘗以伴侶的位置看事情？

當年，伴侶只帶著一百美金就來到美國，他非常上進，課餘找各種兼差工作，切菜、看油鍋、折疊醫護衣服、洗實驗室瓶子，為了存錢，下學期可以念下去。至於我，出國有助教獎學金，生計從來不是問題。在我心裡，買個電壺，用來燒開水喝熱飲，並不算奢侈品；但我忽略的是，電壺價格等於伴侶整個星期的工資，而我說買就買，充分顯現自己的任性。

也怪我一向沒有金錢概念，買東西全憑衝動。直到今天，伴侶仍會數說我進賣場不看價格，花錢只為換來這瞬間高興。

不同背景、不同表達方式、不同金錢概念曾造成兩人的隔閡，那些冷戰、那些口角、那些負氣出走的插曲，數度讓親密關係瀕於絕境。原因或也歸諸我的身世，我原生家庭的氣氛透著詭異，對親密關係會帶來幸福這件事，我根本上缺乏信任。看在我多疑的眼睛裡，伴侶熱情又好動，對新鮮的事他總是躍躍欲試。我常常生出戒懼，這麼不專心的男人值得信任？

擔心的不一定屬實。本身介意的事，與對方的真實心念相關嗎？

根據真人真事改編的電影《查令十字路84號》中，當書店主人法蘭克過世，而他妻子與愛書的買主海倫．漢芙通信，在信裡，妻子承認「我非常妒忌」。因為丈夫生前，妻子見過收到這位買主信時丈夫眼中的光亮。妻子揣度，來信的這位女士與自己丈夫應該有相匹配的智性，以及相似的幽默感。妻子明明知道，丈夫與買主隔著大西洋，兩人從未見過面；妻子也明明知道本身婚姻美滿，丈夫絕不會做出任何逾越的舉動，但不安就是不安、妒忌就是妒忌……

再以我自己為例，知道不該介意，也告訴自己不該介意，不免還是有些介意。

介意是表面一層，擔心的會不會是「失控」？腦袋裡有個投影機，映現在原有的恐懼上，小事放大，變成大大的陰影，投影在心版上，「失控」與「失去」畫上了等號。

有時候，瞥到伴侶對另一個人的臉書殷勤留言；說到某某名字，眼裡有某種異彩，接著一段時間，講起那個名字有掩不住的笑意。彷彿可以讀他的心，嗅到一些什麼，我總是太快看透他心思。

深一層去理解，我的伴侶是個性使然，他隨興，情緒波動大，他又從不掩飾一剎間的激越情感。這方面與我有極大的差異。我是細火慢燉的類型，在確認可以付出感情之前，心裡擺著一把秤，該怎麼準確地表達，我會放在秤上量度。

明白了那是他個性，為什麼在我心中……仍然有一些酸澀？

另一個人心裡有我？沒有我？為什麼猜疑？為什麼介意？那是擔心與我的預設產生差池、擔心出現與期待不相符的地方？

許多事曾經讓我想不開，如同小林一茶可愛的俳句：

露珠的世界

然而在露珠裡——
爭吵[3]

閉鎖在露珠的水膜裡，就把這顆露珠當成唯一的世界。所以問題在我，我強求別人以我期待的、以我在心裡預設的方式表達關愛。

承認吧，自己的預設才是問題，接下去，是不是也要靠自己……解除這份預設？

小林一茶的俳句充滿智慧，他擅長寫昆蟲、寫蚊蟻，他曾這樣寫過蜘蛛：

別擔心，
蜘蛛
我也只是寄寓一時。

皆是「一時」，我們剩下的也只有「一時」。

明白「一時」的道理，心裡的高登結立時迎刃鬆開。

功課

若您為另一個人不確定的心思所苦時，想想宗薩欽哲解釋「出離心」的話：

所謂出離，就是不再執著過去執著的事物。當你不再執著一件事物或一種習慣，它就失去了指揮擺布你的能力。你也就獲得了自由。

獲得了自由，多麼好的感覺。

演講場合，我曾試過一字一句誦唸宗薩的話，而我相信感應的力量，如果頻率相近，就會像水紋一圈圈擴散。那麼，該不是自己的錯覺，一瞥間，我確實望見聽眾中出現了幾雙溼潤的眼睛。我甚至以為，眼睛的主人回家後，關係的處理上將會有所不同。

本身太過介意的事，讓另一個人也喘不過氣。反其道而行，鬆掉別人的繮繩，同時也鬆掉自己的繮繩。緊張心情完全鬆開來，那是很舒服的感覺。

我另選了一段宗薩欽哲的話，可以當做故事唸。故事中有蟲子、鴿子，唸的時候，眼前像是一幅幅連環圖。

你應該這麼想：與你丈夫、妻子、男女朋友在一起的這一世，非常短暫。即使你們在還呼吸著的這一生中可能不會分手，但遲早有一天你會死去。當你死去時，你們就分開了。在你死後，可能有三天你會記得妻子或丈夫的名字。但是到第四天或第五天時，你只會記得半個名字。到差不多第十天時，你甚至不記得他是他，還是她是她。到大約第二十天時，你甚至不記得那是個人類。接著，下一世力量在不知不覺間開始擴展。例如，如果你即將投生為鳥，你的愛情和喜好——想要一直嗅著你男女朋友的氣味，這會被看到一隻蟲子所引發的飢餓感取代；因為現在你即將成為一隻

鳥，你會想做飛翔之類的事情。……而下一次，當你看到你的前妻或前男女朋友時，你也許是轉生為一隻鴿子，當你在他們面前吃麵包碎片時，你甚至不會注意到他們，而他或她也不會注意到你。我們就是如此玩著輪迴的遊戲。[4]

引文有點長，但它充滿畫面感，唸起來很有趣。鴿子？也可以是麻雀。我喜歡這樣想，到下一世，大家都成了麻雀。這一世糾結纏繞的六親關係，下一世即使還記住一些點滴，即使還想攀援過去，對方，已經是一隻不相干的麻雀！

下一世，最近的距離，那個人只是身邊一隻麻雀。

若見到麻雀忙著啄食，對方將會是肥嘟嘟的那一隻？還是瘦巴巴的另一隻？想著，這一世的業力已經失效，自己正在一幅幅連環圖中……會心微笑。

注釋

親緣

1 《真愛旅程》原文名為：*Revolutionary Road*，一九六一年出版，作者是理查・葉慈（Richard Yates, 1926-1992），二〇〇八年曾改編為同名電影。繁體版於二〇〇九年由時報文化出版，譯者為鄭淑芬。

2 音魔合唱團（Audioslave）是美國搖滾樂團。二〇〇七年已經解散。

3 〈Show Me How To Live〉這首歌，據說曾受到《銀翼殺手》的啟發。

4 小林一茶（kobayashi Issa, 1763-1827）是日本著名的俳句詩人，主要作品有《病日記》（1802）、《我春集》（1812）、《七番日記》（1818）、《我之春》（1819）等。陳黎與張芬齡譯過《一茶三百句》（商務印書館）。小林一茶的詩有諧趣，對人對物皆發散某種特殊的悲憫。小林一茶是我最喜歡的俳句詩人。

情緣

1 高登結，Gordian Knot，相傳解開此結之人，就可以當上小亞細亞之王。

2 艾倫・狄波頓（Alain de Botton, 1969～），其作品風靡英倫，並擁有二十多國語言的譯本。

3 《我談的那場戀愛》原文書名為：*Essays in Love*，繁體版於二〇〇一年由先覺出版，譯者為林說俐。這段引文見P.156。

4 同前，《我談的那場戀愛》，這句話見P.199。

5 紀伯倫（Gibran Khalil Gibran,1883-1931），出生於黎巴嫩，是阿拉伯著名的作家、詩人、藝術家。作品《先知》廣受喜愛，擁有多種譯本。

6 整首詞是：「人生若只如初見，何事秋風悲畫扇。等閒變卻故人心，卻道故人心易變。驪山語罷清宵半，淚雨霖鈴終不怨。何如薄倖錦衣郎，比翼連枝當日願。」出自納蘭容若的〈木蘭花・擬古決絕詞〉，收入《飲水集》。作者納蘭容若（1655-1685），滿洲正黃旗人，其父納蘭明珠為清朝重臣。他是清代最有才情的詞人，出身貴胄，看遍榮華，作品道盡人生的無奈。

出離心

1 出自《信心銘》前四句：「至道無難，唯嫌揀擇。但莫憎愛，洞然明白。」僧璨生卒年不詳，推估約在西元六世紀初。

2 宗薩欽哲，亦被稱為宗薩蔣揚欽哲仁波切，一九六一年出生於不丹。他同時是一位電影導演，所拍攝的電影包括《高山上的世界盃》、《旅行者與魔術師》。

3 同〈親緣〉之注4（見P.84）。

4 宗薩這段話最後一句講到輪迴，我加一個自己的注腳。宗薩說到「輪迴」，他口中的「輪迴」，應該不是指「六道輪迴」那一種，不是像餓鬼道、畜生道那樣的道道分明，也沒有區分善惡果報的勸世功能。宗薩講「輪迴」，象徵的是達到了另一層次的覺知。我自己是這麼想：「輪迴」是隱喻，延伸的是想像空間，當死亡不一定是終結，此生的意義，就不是我們此刻感知的那般局限或狹窄。同樣地，我們此生的各種關係、各種緣遇，若看作修行的功課，其中的隱含意義，比起我們意識到的，深刻得多也寬廣得多。

第三部

間隙

間隙

肺腺癌手術之後，幾個月間是安適的日子。微創手術很成功。兩三天我就正常作息，除了傷口還有感覺，身體狀況大致如常。

如今回想，那是多麼寶貴的「間隙」。彷彿有預感，我要多為自己做些準備。其間我照常工作，有段時間出差去日本，在東京數日，彷彿強烈的牽引，我決定去看一場展覽。

出差時間很緊湊，只有星期日的空檔自由活動。我抱著去定了的心思，在迷宮似的地鐵車站上階梯又下階梯，到了六本木「森美術館」，站在購票隊伍裡慢慢前移，心念是看到塩田千春[1]的大展。

展場內，我數次溼了眼睛。自己並不是衝動的那種人，情緒沉在甕底發酵，往往需要一段時間醞釀，然而這一回不同，塩田千春的作品包含巨大的催化力量。高闊的空間裡，鮮紅色線團勾織出纏繞的網絡，如同血脈縱橫。站在線團底下，透視到我自己身上有傷口、有縫線，有難以修復的瘡疤。

展場每一件作品都非常撼動人，飄蕩的箱子、框格的窗架，棄置的醫院床位……塩田千春用線繩，常是紅色或黑色的線繩拉出線條，籠罩著焦黑的火場、歪倒或傾斜的病床，床位上曾經有人？病人被肢解後浮在半空？……處處是危脆的生命情境。

塩田千春本身是乳癌患者。罹癌十二年之後，兩年前，乳癌再度復發。想來，準備這次展覽的時候，塩田千春一定自知，未來不知道怎麼樣，她有的，只是這個創作的「間隙」。其中一件作品，塩田千春用線團編織出癌細胞的形貌，看起來，絲絲縷縷的血肉，竟與癌細胞如此密合。

二〇一九年新作〈離開我的身體〉，四周懸著鬆垂的織網，散落地上的是一截截手臂與小腿，她在小記裡寫下：「如果形體走了，我的靈魂是不是也一起不見了？」

每位重症患者都會問的問題：有一天我形體消散，靈魂又依附在哪裡？

為什麼在那一天我不去其他地方，打定主意去看塩田千春的展覽。難道，我的身體正以另一種方式感知訊息？

展覽名字叫做「靈魂的戰慄」（魂がふるえる），我以為只是一次震撼人心的展覽，當時，並不清楚藝術家的個人背景，只是模糊地想到要理解，藝術作品可以達致怎樣的強度，以及觀眾會接受到怎樣的立即震撼。

藝術家在罹病後怎麼樣繼續創作，觀展之前，這主題不曾滑過我心頭。

回臺灣後，我敦促有機會去東京度假的朋友[2]，不要錯過這次展覽。我簡直像個推銷員大力推薦。我說，一定要一定要，無論看過多少創作展，塩田千春的世界是不一樣的經驗，相信我，只要進入展場，保證將經歷前所未有的，心神離散又復合的時刻。

藝術是什麼？藝術作品的張力推到極致，正是讓觀者愣在那裡，那一瞬間，與生命實境打了個照面；下個瞬間，觀者回看自己，已經是不一樣的一個人。

如今回溯起來，好像身體內有所預知、有所預警，應該格外珍惜幾個月的「間隙」。

逆境快來的時日，彷彿更高處有人照看，冥冥中一切做了鋪排，提醒我要密集準備功課。

肺腺癌手術後，二〇一九年六月到七月之間，在華山「紅館」，我開了六堂連續的課，每星期二晚上一講。

原是為一兩年前答允的事履約。主辦方邀約時的心意，應是希望我談談寫作。出乎主辦方意料，我給的題目叫做「閱讀與禪／靜坐觀心」。

對於我，屬於新鮮的嘗試。自己身分是文字作者，分享閱讀心得，這件事容易理解；然而，我竟偏離純文學的範疇，選擇跟學員分享「閱讀與禪」。「閱讀」與「禪」，兩者關連何在？

當時，有一段簡短的文字解釋，我寫下的是：「閱讀或禪，總不離安住自己的一顆心。」我也約略介紹六堂課的內容，巧的是，那是第一次，我腦海中浮現了跟「間隙」相關的字眼。當時我寫下：「這課程是在喧囂的世間找到縫隙。呼吸之間有隙、念頭之間有隙，縫隙間漸漸心光寂然。」[3]

為準備這六堂課，曾經受益的書擺在案頭，我告訴自己好好溫習。畢竟，心有所悟的內容，才可能讓別人聽起來入神。課程中重點是書，我並預告將闢出時段來靜坐。簡介中寫下：「每堂課包括各三段五分鐘的靜坐練習，日後可以帶入家居生活。」

後來回溯，準備這六堂課，對於我，像是大考前夕來一次總複習。當時無從知曉，就在數個月後，二〇一九年底，這些功課將幫助自己再一次度過難關。

當時，六堂課小題是這樣的：

- 深觀與覺知
- 追尋者的奧祕
- 怨憎會與愛別離
- 放下：包括被愛的欲望
- 低谷是禮物：病痛與療癒
- 轉念與和解：觀功念恩

「什麼是『間隙』？」學員在課堂上問道。

每節課結束前是問答時段，總有人想多聽一些關於「間隙」的解釋。若是時間有點趕，我長話短說，回答就濃縮為：「因為你有的或者我有的，只是『間隙』。」若多一些時間，再解釋幾句，我加上：「任何時間點，任何情況下，並不確定下一刻會怎麼樣。唯一確定的是，手邊這僅有的『間隙』多麼寶貴。」

課堂上提起「間隙」，也因為依我自己看，「間隙」與靜坐非常相關。當時在課堂上，我的用語是：「坐著，繼續坐下去，漸漸地，發現呼吸之間有個小縫隙、念頭與念頭之間也有個小縫隙。這個間隙漸漸拉大，水滴拉長了，延續下去，變成水流。」

分享的既然是親身經驗，我依自己的方式進行每一堂課。譬如，喜歡磬的清越，我把家裡的磬帶到課堂。靜坐開始與結束，我敲一聲磬。

我說，磬聲是提醒，告訴自己回到當下。

六堂課圍繞著「閱讀與禪」，其中，閱讀是鑰匙。握著這把鑰匙，我分享啟發過自己的書。就以「間隙」為例，我在課堂中引述的包括《西藏生死書》[4]的說法：

「當過去的思緒過去，而未來的思緒還沒有升起，中間有一個空檔時間，那是『間隙』。[5]」

每堂課我反覆說：「延長這個空檔時間，『間隙』漸漸變大，就是靜坐的意旨。」

前面幾堂課，偶爾有學員反應，心太亂，坐不進去怎麼辦。

趕緊承認，念頭會到處跑，也是我本身的問題。

當時在課堂上，關於胡亂跑的思緒，我以敦珠仁波切[6]的譬喻提供解法：「要像一位年老的智者，望著小孩子玩耍。」

我喜歡這個說法，因為它有趣。思緒像調皮孩子？我的親身體驗也確實如此。念頭自顧自在心中活跳跳，我只能夠提醒自己別懊惱別失望，別去判定它們應該不應該，也別去責怪它們為什麼跑出來。唯一提醒自己的是回到呼吸。

「回到呼吸，也只好……回到呼吸。」我說。

當時我在課堂上分享自己的心得，並引述一項科學研究[7]，每人一天平均產生出六千兩百個念頭。我說，念頭就是念頭，它們此起彼落，沒有辦法管束啊。既然管不住它們，就不去判定應不應該。靜坐時一面呼吸，一面「看」自己的念頭。只是「看」，不必盯住看，不必刻意看，而是用眼尾的餘光看。看著心裡的念頭，也就是平常以為叫做「我」的一堆念頭，它們隨機、無厘頭、變化多端，像是調皮孩子，哪能夠當真？

關於跑來跑去的念頭，鈴木俊隆[8]的說法是：念頭之間有個「旋轉門」，意識到的所謂「我」，在那裡忙出忙進[9]。

我自身的體驗是，看著「我」在旋轉門進進出出，念頭活蹦亂跳，旋轉門開開關關，漸漸地，開關之間的空隙愈來愈長，偶爾也會發現，空隙之中竟然……沒有念頭。漸漸地，發現所謂的「我」，與亂紛紛的雜念可分、可合，而那一堆雜念，並不等於我自己。

我又說，在古早造字的時候就有這一層體會吧，「念」這個字拆開，正是「今」與「心」。

望著滿座認真又聰穎的學員，我說，要輕鬆、要自在，半閉眼睛是維持一半一半的注意力，這樣，坐得比較長久。

在課堂裡，我也以自己做例子提醒學員，我說，靜靜坐著繼續呼吸，這件事看似平常，對某些人，包括我本人，需要繞過思維這一關。

當時在學員面前我樂於承認，因為多年的經驗正是如此。念頭剛一起來，我的理性思維跟著跑出來，飛快去型塑念頭。接著就在心裡產生評斷，進入這個好那個不好、這個適合那個不適合之類的思維。順著思維習慣想下去，念頭就再也不是本來的樣子[10]。我望著學員繼續說，如果你跟我一樣，是個習慣於理性思維的人，尤其需要提醒自己，靜坐時看著念頭，什麼也不做，只是看著，這件單純的事恰恰可以繞過思維。這也可以解釋靜坐的意旨在於延長「間隙」，所謂「間隙」，指的正是念頭還沒有轉變為思維的瞬間。

當時在課堂上，我也提醒學員不要心急。靜坐之初，因為違反平日的慣性，並不容易。存著耐性，繼續坐下去就是了。至於怎麼打破自己的慣性，我說，曹洞宗[11]傳統裡，方法是「只管打坐」。只做靜坐一件事，坐的時日長了，就不會折返原來的慣性。

為什麼「只管打坐」？為什麼僅僅是這一件看似簡單、甚至有些呆板的事？回到呼吸、坐在當下，正為了讓慣用思維的人……不依循原來的習性。當時在課堂上，我心裡想的是具有藝術才情的弘一大師，弘一當年割捨紅塵，選擇修習戒律嚴謹的「律宗」，不也是為了反其道而行，對治他原先浪漫無羈的慣性？

後來回憶，那是美好的六個星期，我並不知道，自己正在為下一個罹病的消息做準備，而我本身，竟是那六堂課得益最多的學生。

功課

初初靜坐，難免心情浮動。對待一時難以收束的思維，常用的方法叫做SAMMA SATI。SAMMA SATI是釋迦牟尼時代通行的巴利語，據說，這是釋迦牟尼親自傳授的方法。

SAMMA SATI，英文譯為mindfulness；SAMMA SATI華文的直接翻譯是「正念」。SATI，翻譯為華文的「念」；SAMMA，翻譯為「正」。SAMMA SATI除了「正念」，也譯為「禪定」、「靜心」、「靜坐」等名詞。稱做「禪定」，一般與佛法有關，「禪定」為明心見性，意旨清楚。這本書裡無涉宗教，我簡單稱為「靜坐」。

在家裡「靜坐」，我總是敲一聲磬，由磬聲開始。

「靜坐」並不需要磬，也不一定坐著。任何時刻任何地方都適合練習。「靜坐」雖不一定要靜靜坐著，但坐姿讓人穩定。若是以坐姿練習，什麼樣的椅凳皆可，盤腿在地上也是可以。單腳或是雙腳盤腿一樣可以，總之讓自己重心穩定一點，坐得比較久。

坐直身子，氣息比較順。瞇著眼睛或是閉上眼睛都隨心，最好不要張大眼睛，半閉眼是幫助我們暫時關閉尋常的視覺，減少由外界帶來的煩囂。若是記得提醒自己，嘴角可以微微上揚，試著把眉頭鬆開。

開始練習時，選個安靜的環境，幫助自己更容易進入狀況。

習慣之後，站著躺著，在水裡游泳也可以，什麼姿勢都適合，甚至在醫院候診的椅子上都可以「靜坐」。簡單說，什麼姿勢都可以，什麼環境都可以，隨時隨地都可以。

念頭來了，讓它來；讓它過去，不要跟隨。不管是怎樣的念頭，過去了，不必在心思裡繼續追它。

隨時提醒自己，回到呼吸。

初學者開始靜坐，心亂的話，可以用一行禪師[12]的一段話[13]做個準備。坐之前，輕鬆唸一遍。日後漸漸記熟，默想著，靜坐時會格外安定。

以下是一行禪師的話：

吸氣，我知道 我正在吸氣。
吐氣，我知道 我正在吐氣。
吸氣，我發現 我吸進的氣息愈來愈深。
吐氣，我發現 我吐出的氣息愈來愈慢。
吸氣，我平靜下來。
吐氣，我感到自在。
吸氣，我微笑。
吐氣，我釋放自己。
吸氣，我活在當下。
吐氣，我感受到這是個美妙的時刻。

以上這幾句結束於：「這是個美妙的時刻。」靜坐的環境裡，我常在身邊放一個罄，為的也是，這是個美妙的時刻。

罄的聲音清亮。靜坐開始時敲一聲，結束時敲一聲，對於我，既是提醒，也是餘韻無窮。聽著罄音，您一定也有同感，這是個不錯的時刻。

閱讀與寫作

為自己開的六堂課想題目，題目叫做「閱讀與禪」。這些年來，我的人生歷程離不開閱讀。

回顧往昔，閱讀帶給我太多生命意義，如同卡爾維諾[1]在《如果在冬夜，一個旅人》說的：「哪有比起圖書庫更安全的避風港？」[2]外面狂風暴雨，卻可以躲進喜歡的書裡，多麼令人欣慰。多年如一日，我正是這樣過日子。吸引人的小說，捧著就放不下來。

自以為與作者意趣相通，想著心儀的作者，彷彿頭腦體操的肢體纏綿，引動的竟然是不衰的激情？譬如，讀了卡爾維諾，在海邊望見月亮，立即浮現《月亮的距離》[3]小說的想像力。我想著超級大的月亮近在眼前，月球引力和地球引力相互抵銷，海洋裡的生物漂浮在水面上，彷彿望見遠處的基隆嶼盪漾在半空中。閱讀的樂趣又在於串連，辨認出宇宙間隱隱然的直線、橫線、經緯線，有時站在岸邊，望著霧濛濛的遠方我會痴痴想，柔長的海藻，鑲花紋的貝類，海鮮店標榜的花蟹、三點蟹，朝向月亮拉出一條線，如同接上LED燈管，小魚、小蝦、本港小管、大眼珠的烏賊等等都串接起來：「形成一道發光的流體」，會是什麼樣的奇幻光景？

回看過去人生，閱讀讓我極為專注。

夜深人靜時，當靜到只剩下呼吸，夜深到……聽得見一張紙飄到地上的微細聲音。靜極了呀，書上的字句站起來，它們踮起腳尖在走路。前一句與後一句手牽手，我彷彿聽見……連續聲波在地板上盪漾。身為讀者，那一瞬間的心情滋潤，如同聶魯達[4]詩中：「恰似草原上的露珠滴落心靈。」

由作者筆尖，滴落到讀者的心尖？那是奇妙的瞬間。我在閱讀中等待，等的是與作者特殊會心之處。來了？它來了？隔著遙遠的時空，突然間電光石火，洞悉到作者筆下某種心境。身為讀者，自以為比作者意識到的更透澈，這一刻，我竟然讀懂了連作者本身都不明瞭的深意。

作者的？讀者的？閱讀是以心傳心。凝神於作者的文字，讀者的心思無比專注，其中的靜謐才是答案。

「寂靜是上帝的語言，其他都是失真的翻譯。」波斯詩人魯米[5]這樣說。

靜謐之中，漣漪擴散至心湖，一幅幅水紋圖漸漸展開。多年以來，寫作對於我，始終是……與閱讀同樣的專注。

這些年，未完成的書放在心中，如同帶著正在發展的故事過日子，其他事情也相對不重要起來。手邊的故事怎麼發展，匯聚我全部的心力。

開始寫作那些年，等待的叫做「靈感」。靈感來與不來，它是否眷顧於我，當年，我曾經患得又患失。《行道天涯》小說在出版時刻，我在自序中寫著：「依照阿根廷作家波赫士的講法，十三世紀末，有一隻笨笨的豹子，從清晨到日暮，牠望著眼前的厚牆與鐵柵欄，牠覺得透不過氣，體內有一些翻攪的東西讓牠坐立不安。一天，上帝出現在牠夢中，對牠說：『你忍受監禁，只為了將有人把你的樣子傳述進一首詩，那首詩在宇宙間有明確的位置，你長年幽閉在牢裡，目的僅僅在替那首詩提供一個字。』」

那年是一九九三，當時我不免惶惑著，耗費所有的力氣，只為在宇宙藍圖中提供一個字？年紀尚輕的我，對這寫作宿命多少心存抗拒。

那篇序文中，我引用波赫士的寓言繼續寫道：「夢中，豹子明瞭了上帝的用心、也接受了牠自己的命運；然而牠醒過來之後，旋即又忘記了自己是做什麼的，只感覺到某種模糊的屈從，還有一些茫茫然的勇敢……」

數十年後，寫作對於我，早已不是「模糊的屈從」，琢磨、推敲，與文字共度晨昏成為我的日常。然而，這年復一年的水滴石穿，為了什麼？

露珠滴落心頭，在最專注的瞬間，答案在心底靈光一現。我寫，正為了……存在著提供一個字的機會。

回首過去，漫長的寫作生涯，一本書又一本書：《行道天涯》的追溯、《何日君再來》的尋索、《東方之東》的跨界、《婆娑之島》的漂流與放逐、《黑水》的迷茫與困惑，以及最近一本《祖露的心》，我為它取的英文書名是 Heart Mandala：「心的曼荼羅」，用筆、用沙粒、用手指……好像打造「曼荼羅」[6]，堆起又推平，一次次重來又重來，無論小說或散文，對於我這個作者，那是雜質漸漸落盡，愈來愈清楚，我已經安於……只為提供一個字的宿命。

想像的書架上，一本一本疊上去，若有機會寫出下一本書，想著的總是最高處還有另一本，或許，在象徵意義上，它將更為接近我想要提供的那個字。

年輕時候，寫小說對我，屬於存在主義式的，自己跟自己的某種搏鬥。曾經以為這夜復一夜的不放鬆不懈怠……奮力往前就會達到目標。多年後，持續在文字中拆拆織織，對於我，寫作的意義在於透過書寫，看清楚自己在成長中如何被型塑、被歸類，環境提供的曾是「染色」過程，每寫一本書，卻是作者本身的「褪色」過程。

褪下身上的漂染，「我」到底是誰？

在新故事與舊故事之間，每個人都自以為身上是獨一無二的故事，然而，「我」是誰？「我」真的那麼獨特？寫作為了瞭解自己，隱指著瞭解本身的獨特性，我更深一層的體悟是：瞭解自己的獨特性，終是為了忘記自己的獨特性！

寫完小說《黑水》，身為作者，這個體悟更深了。回想當時，選擇一樁社會事件做題材，其實很有壓力。我時常踱步在案發現場，心裡一問一答，模擬著提問事件的當事人，怎麼走到這一步？可有任何迴轉點，不必釀成……無可挽回的結局[7]？

寫作過程中我細細琢磨，有哪些因素扭攪成後來的悲劇結果。然而，對作者的啟示更在於，我若處在主人翁的環境框架，自己的下場大概與他們沒什麼差別。如今，這個「我」既沒有殺人也沒有被人殺害，並不是因為我比較善良、比較有智慧、比較有警覺心，而是因為我人生選擇比較多、我運氣比較好、我周遭的支撐體系比較健全。

《黑水》寫完之後，我想著自己，與案件中每個人，包括加害者與被害者，並沒有本質上的良窳差異。

相同的領悟，用不同的語句表達，包藏在各種宗教典籍裡，譬如基督教《聖經》那一句：「讓雨在義與不義間落下。」[8]其中的寓意在於：雨水滋養灌溉，但也可能霪雨成災，對底下的作物，它一視同仁。

佛法有所謂「不垢不淨」、「和光同塵」。放入現代語言，一行禪師詩中寫著：

我是河面上蛻變的蜉蝣，
我也是在大地春回及時前來掠食蜉蝣的鳥。
我是悠遊於清澈池塘的青蛙，
我也是悄悄前進吞食青蛙的草蛇。

我是烏干達的小孩，
全身只剩皮包骨，雙腿細如竹竿
我也是軍火販子，
出售致命武器給烏干達。

我是小船上那名十二歲的難民少女，

被一個海盜強暴後，跳海自盡；
我也是那個海盜，
我的心還被矇蔽，無法愛人。

為什麼既是「悠游於池塘的青蛙」，又是「吞食青蛙的草蛇」；既可以是「難民少女」又可以是「強姦她的海盜」。這首詩名字是〈請用真正的名字呼喚我〉[9]，什麼是「我」真正的名字？

名字，彷彿專屬於每個人。然而，被這樣稱呼的人，是不是真正的「我」？是不是自己執念裡認定的……那個人？

環境、習性……因緣和合扣在一起，「我」可以是蜉蝣也可以是捕食者；是難民少女也是強暴她的海盜。為善或為惡，不是本質的問題。

文字以亂針細線，析出角色後面的環境、背景、出身，因此也清楚看到，某件事之所以發生，恰似《華嚴經》中形容的「因陀羅網」：「其網之線，珠玉交絡，以譬物之交絡涉入重重無盡者。」

身為創作者，一年一年寫下去，意義在於提供一個字，如同牽出一根線，試圖……將「因陀羅網」上的關連串在一起！

提供的只是一個字？但那個字要準確到像根針，準確到……可以在作者身上刺出血來；因之在讀者那端，方能夠勾起同樣的感受。

握著書，讀者抽絲剝繭，在閱讀的趣味之餘，同理心才是答案。

如果能夠做到，以小說這多變的文體，勾串人生的「因陀羅網」，這樣的嘗試始終令我神馳。所以，我還是會寫。手邊有不少未完成的小說題材，有的寫了一半，有的約略在心裡見到輪廓，如果身體狀況不差，如果頭腦沒有糊成一團，如果，如果，如果我還有心力，那些題材等著我，十年、二十年也寫不完。

我還是會寫，繞著這一件最在意的事，顯示出自己的執念依然深重。

其他事情可以斷、捨、離，為什麼只剩這一件，執意要繼續下去？

寫到某一天……如果能夠在書桌前倒下，應該是非常、非常合乎我心意的結束方法。

第三部　間隙

美與無常

回溯以往，在閱讀與寫作的空檔，偶然間眼睛一亮，是不是悟出過一些事？譬如在一篇散文〈時間與愛情〉[1]，我曾以幾個數學符號，寫成漂亮的公式，簡單說：時間趨於極短，浪漫愛的強度才趨於極大。

《羅密歐與茱麗葉》是典型的例子。但凡主題是浪漫愛的藝術作品，無一不服膺於這數學公式。感情受到外界百般阻撓，兩人相守的時間趨近於零，浪漫的感覺愈發熾烈，激情也順勢衝到高峰；死亡的威脅下，這份浪漫愛趨近於無限大，或說趨近於永恆。

在當年，腦袋澄淨的時刻，我確實悟出過一些什麼，包括浪漫愛的強度反比於相守的時間，它是個時間函數！

年輕時我偶有所得，但轉瞬間忘個乾淨，那是典型的「空有浮慧」。

直到罹病，愚痴的事放下了，之前想通過的道理連貫起來。這些年來，曾經明白一些事，卻又一次次回返冥頑。虛度了光陰？倒也未必盡然。若把自己的心想成海洋，深深淺淺，波峰波谷，它收起每一個碎裂的浪花，也蘊含著下一個浪頭升起的契機。此刻那顆心，它仍在噗噗地跳，只要還有下一分秒，還有下一個日子，每一日比起前一日就可能多些進境。

病過，再看看眼前人生，擁著不放的，剩下什麼？

所謂「著境不捨」，想要牢牢抓住的，還餘留哪些？

之前，若由我自剖心境，自己是個愛物……可以成痴的人。但凡生活細節，無論選家具、布置家、旅行時搜羅小擺設、尋覓設計感的廚房用具，偶爾烹調一桌西餐，再隨手鋪上桌布插些瓶花，生活細節曾帶給我許多樂趣。

這些細節，對於我，又與閱讀趣味互相貫串。譬如說，去到花店選花材，一路走，我在心中默誦《戴洛維夫人》[2]的開場，巷道人車併行，走去買花的這段路，隨著時間流淌下，與吳爾芙的人物彷彿有了連結。

閱讀帶給我想像空間，生活小事亦讓我細細品味，曾以為這樣的日子一年年過下去，悠悠慢慢可以過上許多年。罹癌之後，時間的感覺變得不一樣，譬如說，望著一件喜歡的杯盤，我會點醒自己，能夠擁有它多久？

有機會欣賞它已經是機緣，同時點醒自己，放在我身邊可不是這件東西唯一的歸宿。有一天，放在別人家裡，將會更適宜也更圓滿。

望著喜歡的東西，知道它存在，就夠了。教授「內觀禪」的老師 Christiane Wolf 曾在文章中自述，她本人很喜歡逛古董市集（跟我旅遊時一樣），走進去這個摸摸那個摸摸，握著東西也會愛不忍釋。遇到美好的東西，生出擁有的念頭，她的對治方法是唸咒語一樣在心中唸：「我很高興這一件東西存在著。」[3]

她說，不妨在腦袋浮現出畫面，想像這件東西放入另一個環境，比擺在自己家更適合，心裡想著，那是多麼美好的畫面。

遇見想要買的衣服也這麼做，試想一下，自己還需要多添一件？穿在別人身上，比在自己身上更能夠穿出衣裳的風采。

這位「內觀禪」老師引申說，每一次與人道別，她心態亦是這樣。想的是：真好，在一起的光景存在著。

美好的東西存在著，在一起的光景存在著，Christiane Wolf 的說法讓我頗有所感。

病後，貪戀的事飛快放下，包括那些丟不開的習慣，包括以為非如此不可的嗜欲，小至堅持睡前洗泡浴的家居日常，以及到西餐廳裡點杯白酒的偏好，經年累月，以為變成我這個人的一部分。原來它不是我的部分，說改就可以改。

丟開原本的習慣，因此也變得輕鬆。過去這些年，非如此不可的事加起來，不知不覺，成了頗有重量的負荷。拋開的包括對物質的痴念，過去可不是那樣，看到喜歡的東西就希望擁有，擁有就期待它經久不壞……

下決心放下，竟然輕而易舉。曾經寶愛的東西，皆是過眼的身外物。知道自己動過心，就夠了。

如今回想，年輕時似懂非懂的翻頁，若非自己悟性差，是不是早應該明白的？年輕時候，我曾經把《紅樓夢》當作枕邊書，每晚讀一段，再推開書進入夢鄉。篇章中還情還淚，說的是好物無常，生在世上，哪裡能夠執著與攀附？

比曹雪芹年代更久遠，寫情寫得通透，還有紫式部[4]的《源氏物語》[5]。紫式部生在一千年前，當時日本是平安時代，她孀居而進入後宮，看遍繁華更迭、權力消長，世間事在紫式部眼裡，自有不同於一般的視角[6]。

對一本書的體悟，與初初接觸的時日存在著時間差。當年的讀物加上後來的閱歷，才更明瞭其中的意涵。在我病後的眼眸裡，所謂美，與流變、短暫、枯寂等等，原本是同義字！

美，它不長久，難抵擋時間的侵蝕沖刷，而美好的事物讓人驚嘆，卻也頓時讓人感悟到無常。舉熟悉的例子，我們國人喜歡去日本賞櫻，但惜花的心情尤在於櫻花的花期短，下一刻花瓣飄搖，就成為滿地散落的「櫻吹雪」，而所謂「花見」（hanami），也蘊含著時不我與的道理。

日本作家曾經細緻地描述美與時間流變的關係。譬如谷崎潤一郎[7]形容「手澤」，那是「人手經年累月碰觸之處，在被摸得滑碌碌的同時，皮脂滲入其中所形成的光澤」。谷崎有一本書叫做《陰翳禮讚》[8]，書中說到：「美並不存在於物體，而在物體與物體間的陰翳與明暗之間。」

谷崎的文字讓我心領神會[9]，燈下或坐或臥，他引領我進入纖細的感官世界。譬如《陰翳禮讚》寫漆器的一段，每個字彷彿浸潤在漫漶的水光中：

> 漆器真宛如淌流在榻榻米上的數道小溪所湛湛蓄積的池水、四下捕捉孤燈倒影，如絲如縷、幽幽渺渺、忽隱忽現，像是在黑夜上織出如蒔繪般的花紋。

幽渺之間，產生洞穿一切的想像力。對谷崎而言，漆器上映現出的燈影，就是美感的極致。

又譬如谷崎的小說《春琴抄》，主人翁佐助刺瞎眼睛，與他的師傅一樣，從此成為盲者，寓意是美的純粹度在於留取一瞬，而那一瞬不是紛亂的視覺所能夠捕捉，反而是缺憾、疾厄、局限，有助於體現純粹的美。

如同《春琴抄》中佐助的心情：「尤其是師傅彈奏三弦的美妙琴音，也是在我失明之後才品味到的。」

美與無常，在日本文化裡，兩者相繫相連。花道是相通的道理[10]。千利休這位茶道的開山祖，曾一語道出插花的意趣，他說：「盛開的花是不能用做插花的。」花插在瓶中，經常只插一枝，而且是含苞的花，讓人悟出好景不常，眼前一瞬值得珍重。不只花道、茶道[11]，日本的設計與建築也一樣[12]，美與無常二者為一，蘊含著日本文化的精髓。

在華人文化圈成長的我們，日本文化的核心特質，並不常見於周遭環境。譬如說，傳統華人喜歡紅花綠葉，裝飾的寓意常是多福多壽。我曾在美國住家多年，走入中餐館，牆上掛放的幾乎都是牡丹圖。傳統的力量？裝潢上隨俗方便？店家品味少有新意，家家皆喜歡雍容的牡丹。看起來，「花開富貴」確實象徵眾人的願望。「百子圖」是另一個例子，符合華人傳宗接代、瓜瓞綿綿的家庭倫理觀。

問題在於，花開到豔麗又蓬勃，是不是久長的實相？

華人倫理結構之下，曹雪芹寫《紅樓夢》卻是個異數。其中心證意證，伴隨的是分飛離散；到頭來，繁華盛景的大觀園，剩下白茫茫大地一片真乾淨……

對我這個讀者，後半部《紅樓夢》卻有些走味。高鶚補續四十回，將一干人又拖回倫理結構。賈寶玉得了功名後出家，拜別父親退場那一幕，像在營造舞臺的高潮。倒不如讓寶玉經歷飢寒、困苦、難堪，放下各種包袱、褪去各色衣裝（包括那華麗退場的大紅猩猩氈斗篷）應驗的才是小說開頭所預言的「到頭一夢，萬境歸空」。

「萬境歸空」，「空」是什麼？「空性」在梵文是 Sunyata，Sunyata 這個字包含著非真實性，難以翻譯成另一種語言。

創作《細雪》、《春琴抄》的谷崎潤一郎，七十四歲去世時，在他替自己選定的葬身處，墓旁石碑上是他手書的「寂」與「空」[13]，兩個簡單的字。

一九六八年，川端康成在諾貝爾頒獎典禮上演說，沒有數算自己的終身成就，他談到的是日本文化的禪詩與禪境，並以「空」與「無」結束那場演說。獲獎四年後，川端選擇自己終結生命，而我始終好奇，在他「臨終之眼」[14]中，是不是如同他在諾貝爾獎演說提到的：「冰一般透明的世界？」

病後，重讀一些昔日喜歡的書，心情益發閒靜。

若是問我，這個時刻，還有沒有想見的人？未完成的事？有沒有任何渴盼、期待或嚮往？事實上，此刻我心上的東西非常少，正如同韓愈那句「僧言古壁佛畫好，以火來照所見稀」[15]，除了對親人仍有些掛慮牽絆，再沒有什麼丟不開的事。

湊巧在這段時間，受作家洪荒所託，為她的新書[16]作序。洪荒在退休之時，經歷了婚變，多年夫妻無預期的分手，而書的主題記錄著她如何走出情傷。序文中，我引用納蘭容若的兩句詞：「等閒變卻故人心，卻道故人心易變。」[17]「等閒」說的是時間流轉，既然它摧枯拉朽，哪裡還存在不變的東西？

《飲水詞》作者納蘭容若，一生多情而坎坷，有人認為正是《紅樓夢》中賈寶玉的原型人物[18]。無論《紅樓夢》有沒有原型人物，無論《紅樓夢》靈感從何而來，痴男怨女走過情傷、經過病苦，到頭來繁華落盡，感知的是人世無常……

我那篇序寫得落落長，序的題目只有三個字：「無他思」[19]。從「有所思」到「無他思」，對於我，正是病後的幡然醒悟。

功課

您可以在家裡實踐最簡版的花道。

瓶裡插一朵小花，買來的或摘來的都可。花的姿容清靜，望著就身心安頓。

或是，雜草叢剪下一捧咸豐草或蟛蜞菊，插在素樸的花器中。就這樣看著，等它凋謝，等它碎裂風乾，一日一日閒閒看著，心中或許會出現不一樣的領悟。

喝茶也是靜心的方法。

最簡單的入門版：找個安靜的角落，以原本習慣的方式泡茶。捧起茶杯茶碗，敬謹地喝一口，想想這個間隙多麼難得，跟自己一期一會啊，自當珍重這口茶在嘴裡的滋味。

就是為自己好好泡杯茶，不一定遵循茶道的種種儀式。

花道、茶道的意涵，都在提醒人們珍惜每一個當下。如同看到美的事物、美的風景，自然會覺悟到美之令人驚嘆，正因為它注定會改變。期待景物繼續這樣美好，倒不如把握眼前這寶貴的「間隙」。

日本茶道遵循「和、敬、清、寂」的傳統，有興趣深入的話，才去進一步理解儀式中蘊含的禪意。

由茶道、由花道，或經由文學作品，如果您對日本的美學系統產生了探究的興趣，大西克禮[20]寫過一套書，書中，他粹取出「物哀」、「幽玄」，「侘寂」三個概念，有助於您理解日本文化中的美感。

「物哀」比較容易聯想，賞櫻時直覺的感受是個例子。

「侘寂」倒也不難理解。「侘」這個字，代表著樸素而簡單；「寂」這個字則是安閒的境況。老舊的物體漸漸褪落表象，顯露出更耐看的本質，這是「侘寂」的例子。我自己常把「侘寂」想成看待時間流變的方法，家裡有些舊東西，一隻雞公碗、一盞綠釉杯之類的，想著之前有人把玩過，捧在手掌裡格外貼心，亦是屬於「侘寂」的狀態。

大西克禮書中說的「幽玄」，瀰漫著模糊、渺茫、深遠的氛圍，不知不覺間……讓人感知到人世虛幻。

觀看能劇，其中舞臺、面具、燈光等，皆帶著「幽玄」的氣息。也因為援用「幽玄」做為藝術元素，能劇的劇情極為內斂，表現的常是超越生死的醒悟。

「侘寂」、「物哀」與「幽玄」，三個概念互相佐證，這是大西克禮整理出來的日本美學系統。

然而放輕鬆，不必將這套著作看成理論、看成一套系統，當成閒書來讀，或許別有一番趣味。

注釋

間隙

1 塩田千春（Chiharu Shiota, 1972～），是日本當代藝術極具代表性的藝術家。

2 塩田千春這項展覽，預計將在二〇二一年移至臺北市立美術館。

3 我另外把這六堂課濃縮成比較文學的字句，放在臉書上，對課程內容做過多一些解釋：「觀照情緒起伏，包括沉潛的冰山糾結，包括浮在水面上的憂傷與快樂，由是深觀，一己內心的水紋圖，恰恰是環扣牽絆的因陀羅網。因何怨憎會？因何愛別離？經由瞭然，日日做一點了卻。」

4 《西藏生死書》原文書名為：*The Tibetan Book of Living and Dying*，作者為索甲仁波切（Sogyal Rinpoche, 1947-2019）。繁體新版於二〇一五年由張老師文化出版，譯者為鄭振煌。

5 這句是《西藏生死書》之中索甲仁波切引他老師蔣揚欽哲確吉羅卓的話。蔣揚欽哲確吉羅卓（1893-1959），是二十世紀藏傳佛教最具包容性的上師，主張尊重各個教派的傳統與修持方法。他曾親自督導《西藏生死書》作者索甲仁波切幼師課業。

6 敦珠仁波切（1904-1987），出生在西藏，他是藏傳佛教重要的上師，也是索甲仁波切的另一位老師。

7 根據刊登在《自然通訊》（*Nature Communications*）的文獻，美國皇后大學（Queen's University）一項研究得到了這個答案：用一套可間接計算出人們一天當中會有幾個念頭浮現的方法，計算出每個人每天腦中有六千兩百個念頭。

8 鈴木俊隆（Shunryu Suzuki, 1904-1971），是日本曹洞宗僧侶，後來到美國加州建立禪修中心，他是將禪宗思想帶到西方的重要人物。

9 鈴木俊隆書中整句話是：What we call "I" is just a swinging door which moves when we inhale and when we exhale.

10 鈴木俊隆說法是：As soon as you see something, you already start to intellectualize it. As soon as you intellectualize something, it is no longer what you saw. 依我想，他的意思是，一旦概念化的過程開始啟動，念頭就已經不再是原來的樣子。

11 曹洞宗以洞山良价為宗主，唐朝時，希玄道元帶至日本，建立永平寺，傳承至今。

12 一行禪師（Thich Nhat Nanh），一九二六年生於越南，一九八二年在法國鄉下創設了「梅村禪修中心」，多年來帶領國際性的禪修營，他的許多著作都有繁體譯本。

13 這段話出自《自在》，原文書名為：*Be Free Where You Are*，二〇一一年由天下雜誌出版，譯者為顏和正。

閱讀與寫作

1 卡爾維諾（Italo Calvino, 1923-1985），出生於古巴，被譽為二十世紀最偉大的義大利小說家。

2 這句英文是：What harbor can receive you more securely than a great library? 出自《如果在冬夜，一個旅人》。原文書名為：*Se una notte d'inverno un viaggiatore*，繁體最新版二〇一九年由時報文化出版，譯者為倪安宇。

3 出自卡爾維諾《宇宙連環圖》（*Le Cosmicomiche*），全書共收錄十二則短篇小說，〈月亮的距離〉是第一篇。繁體版於二〇〇四年由時報文化出版，譯者為張密。

4 聶魯達（Pablo Neruda, 1904-1973），智利詩人，一九七一年諾貝爾文學獎得主。

5 魯米（Mevlânâ Celâleddin Mehmed Rumi, 1207-1273），蘇菲派神祕主義詩人，生活在波斯。

6 出自梵語mandala（मण्डल）。mandala字面的涵義是「輪圓」或「中心」。透過圓內完美的幾何圖型，帶來和諧與秩序，代表圓滿的宇宙整體。西藏的喇嘛常以數月的時間，用不同顏色的細沙製作mandala沙畫，是修行的一種方式。心理學家榮格對於mandala也有許多論述。

7 以結果論，事件中三個主要角色，加害人店長與被害人夫婦，兩位失去性命，一位被判無期徒刑，對其中每個人都是無可挽回的悲劇。

8 出自《聖經．馬太福音》「登山寶訓」5:45，這一句的英文版本之一是：He makes the sun to rise on the good and the evil, and send rain on the just and unjust. 或者譯為：他使太陽照惡人，也照好人；降雨給義人，也給不義的人。

9 原文名為：〈Please Call Me by My True Names〉。

美與無常

1 〈時間與愛情〉的寫作時間早在八〇年代，這篇散文後來收錄進《平路精選集》，二〇〇五年由九歌出版。

2 《戴洛維夫人》原文書名為：*Mrs. Dalloway*，作者為維吉尼亞．吳爾芙（Virginia Woolf,1882-1941）。繁體版於二〇〇七年由高寶出版，譯者為史蘭亭。

3 Christiane Wolf，在美國加州教授「內觀禪」。這篇叫做〈with joy〉的文章，出現在《*Lion'Roar*》。這句話原文是：I'm glad that this exists.

4 紫式部是日本平安時代的女作家、和歌詩人，確切的生卒年不詳（推測約在978-1015）。據考證她原姓藤原，人們後來把《源氏物語》稱為「紫物語」，就稱作者為「紫式部」。

5 《源氏物語》共分五十四帖，敘述「源氏」的一生，為宮廷生活留下翔實而豐富的剪影。

6 後來到江戶時代，本居宣長研究《源氏物語》，他認為《源氏物語》表現「知物哀之心」。物哀（もののあはれ）是日本美學裡重要的元素。本居宣長因為《源氏物語》，提出「物哀論」。

7 谷崎潤一郎（1886-1965），出生於日本東京，是日本近世的重要作家。

8 《陰翳禮讚》是谷崎潤一郎於一九三三年出版的隨筆集。

9 回看這些年，我耽於閱讀，窩進書室裡久坐不動，由著自己陷入耽美的境界。然而，想來好笑，我也太相信谷崎的話了吧，譬如為懶得出門散步找藉口，就自我安慰地想到谷崎說的：「將運動的時間用在安安靜靜地讀書上，或許更有益也說不定。」

10 花道常蘊含著禪意，譬如日本花道中的「池坊流」，據說這插花流派起自佛前供花。

11 日本茶道傳統中也蘊含著禪意。村田珠光生於一四二二年，是位僧人，提出「謹、敬、清、寂」。一百年後，日本茶道文化更形成熟，茶聖千利休提出「和、敬、清、寂」，千利休的傳承只改動一個字。

12 無論家具、器物或是燈光，日本的設計元素中處處受《陰翳禮讚》的影響，「比起鮮亮的顏色，更為偏好陰翳沉鬱的東西。」這是谷崎的話。我們臺灣熟知的業界大師譬如妹島和世、隈研吾、安藤忠雄，作品中都不乏以陰翳與明暗為主體的顯現。

13 谷崎潤一郎的墓在京都法然院，「寂」與「空」這兩個字刻在不規則的石頭上，他的墓碑上是「寂」字，旁邊是妻妹一家的墓地，墓碑上是另一個字「空」，都是他自己寫的。

14 一九六八年一月，川端康成在諾貝爾文學獎頒獎大會上演講，這篇演講稿圍繞著日本帶有禪意的美感。川端康成提到日本曹洞宗的開山祖道元，提到良寬禪師，川端康成並且引芥川龍之介〈給一個舊友的手記〉中那句：「所謂自然之美，是從我臨終之眼裡映現出來的。」更引芥川在那封如同遺書的手記中另一句：「現今我生活的世界，是一個像冰一般透明的、又像病態一般神經質的世界。」

15 出自韓愈一首〈山石〉的詩作。

16 《你的傷只有自己懂》，作者洪荒，二〇一九年由天下文化出版。

17 同〈情緣〉之注6（見P.85）。

18 納蘭家與曹家皆是清朝重臣，兩家常相往來。納蘭明珠做過大學士，納蘭容若是納蘭明珠的兒子；曹寅與納蘭容若曾同朝為官。曹雪芹是曹寅孫子，著作《紅樓夢》時，曹雪芹必然熟悉納蘭容若的生平事蹟。據說，當年乾隆皇帝第一時間就拿到《紅樓夢》手稿，而乾隆翻閱後結論說：「此蓋為明珠家事作也。」

19 「無他思」出自良寬禪師詩中的：「望斷伊人來遠處，如今相見無他思。」良寬禪師（Ryokan,1758-1831），出生於日本越後，詩人、書法家。這句詩意思是：盪漾在心頭多年的倩影，一旦來到跟前見到，卻覺得沒有任何貪痴的念頭。良寬禪師的生平故事充滿禪境，川端康成在諾貝爾頒獎典禮的演說中曾特別提到。

20 大西克禮（Yoshinori Ohnishi, 1888-1959），著有《日本美學：物哀、幽玄、侘寂》，繁體版於二〇一九年由不二家出版，譯者為王向遠。

第四部

轉化

反覆

手術後四個月，不用服藥也沒有後續療程，一切正常。我在家庭醫師的門診裡提起，差不多完全好了，右邊肋骨下壓著還有點痛。

罹癌後，找到一位親切的家庭醫師，像是提醒我注意營養的朋友，見她的經驗好像跟朋友聊天。我跟醫師隨意講起，自己才完成合歡山附近三座百岳。「沒什麼難度，很容易的。」我以上山健走，強調體力如昔。

家醫要我躺下。壓了壓我的右邊肋骨，她說肋骨疼痛沒有事，大概是筋膜層緊繃，手術後難免有點沾黏。離開前，家醫建議去做乳房檢查，她說：「既然多年未做，例行檢查就做一做吧！」

我跟醫師坦白，躲避檢查就是因為怕痛。我說，乳房攝影要用夾板壓，好像是昔日逼供用的酷刑。家醫很解人意，她說可以跳過乳房攝影，做超音波檢查。「超音波一點都不痛。」家醫笑著對我說。

兩星期後，排定做檢查。

躺在床上，儀器放在我右胸。很快移開，顯然沒什麼問題。

左胸來回數次，儀器像個熨斗，始終壓在我左邊胸膛。我直覺地感到不安。

「什麼時候回診？」檢驗師突然開口。

「還沒有約呢，我兩個禮拜後出差，下次門診，幾個月後見到家醫的時候。」我一派輕鬆。

看我不當一回事吧，檢驗師語氣凝重：「等出國回來？還等？」

「不必看家醫，直接掛乳房外科！」走出檢查的帳簾，檢驗師的聲音追著我提醒。

不是胸腔科，這次掛「乳房外科」；並不是我說壓著會疼痛的右側，竟是左側。

超音波顯現出來，左邊有個一．五公分的腫瘤。

後來到一家診所做「穿刺」，判別腫瘤是良性或惡性的標準程序。「穿刺」等於統計學做抽樣。統計曾是我的本行。用針在人體內抽樣，比起我擅會的數據抽樣，在感受上確實有「顯著差異」。只要跟癌症有關連，每一樣醫療程序都讓人心驚，譬如「穿刺」這個程序，麻藥之後，感覺上，一排訂書機朝肌膚釘下去，肌膚滲出血水，紗布包紮起來。靜待穿刺的結果。

等待時日子如常，我按照既定計畫，去國外出差十幾天。回診之前，我刻意不上診所網站看報告，並不急著知道穿刺結果。或許是鴕鳥心態，中間兩三週，我特意不去搜尋跟病症有關的資料。或許也是嚇到了，只要跟癌症相關，醫療程序的名詞都很可怖，譬如「復發」（recurrence），意味著癌細胞聚少成多，再來一次。還有更嚇人的「轉移」（metastasis），意味著止不住的四處蔓延，又轉移到另外的器官。還有所謂「遠端轉移」，到骨？到腦？……不敢想下去。

宣判的時刻到了。門診房間，再次見到那個代表「惡性」的英文字。

malignant烙印一樣，蓋在病歷上。後來跟罹患過癌症的朋友說起，朋友說她記憶深刻，字體超級大。她說：「是不是要提醒人注意？怕人看不見？」我猜，每位等待檢驗結果的病人都懸著一顆心，最怕見到這個字。

對於我，一棒打在身上還沒痛完，緊接又一棒！肺部手術半年回診的時程還沒有到，再度面對一個全新的狀況。

坐在門診間，以往胡亂聽來的各種狀況在腦海盤桓，皮下裝針管，劇烈的痛，重度嗎啡……

回診後，確定了狀況。白天，照樣做其他的事；每天清晨，腦袋還遺留一些夢的殘渣，記憶中夢的內容，似乎都跟身上新的病況有關。我想著，說不定，整個夜晚都被接連罹癌的夢魘糾纏著。

我想到兩個月前在華山紅館開的課，或許身體裡早已感知了什麼，我備課，那是為自己做準備。問題是，準備仍然不充分。白天彷彿很鎮靜，擔憂的事躲在轉角，夜晚閉起眼睛，害怕就來了。

臨大事有靜氣？之前還是高估了自己，誤以為我的心真的那麼大，可以包裹住害怕。

承認吧，華山的六堂課裡我沒有講到害怕，莫非正因為……它是我的難題，自己最難面對的正是害怕。

害怕，才是我繞不過去的坎？我這個膽小鬼，一向最怕就醫。對於害怕的事，之前用的方式是躲閃。能夠躲就躲、能夠閃就閃，能夠忘就暫忘一時，也這樣混了大半生。包括當年妊娠期間，前兩三個月，身體非常不舒服，我的處理方式是坐進電影院，看一場電影。電影結束若仍感覺反胃，沒關係，換一部電影繼續看。我是入戲的觀眾，掉進另一齣劇情中，立即忘記自己的處境。

又有一次，我在自家廚房，站在高凳上去取櫃子頂端的碗盤，轉個頭，櫃角重重撞到前額。額頭血流不止。飛車趕去急診室，縫了七八針。離開醫院我逕赴電影院，果然，不需要任何止痛藥，我進入劇情，完全不記得額頭上有傷。

電影是譬喻，多希望沉湎在故事裡過這一生，而電影院外一幕，才更酷似我能拗就拗的心情。

知道羅患了乳癌後在等待，等著醫院排手術日期。我滿心想看一部好電影。去程坐捷運上用手機搜尋，還在「爛番茄」上一一比分，選中一部電影，名字有點熟，我們臺灣的電影譯名一向大同小異。

正片開始，第一個鏡頭，覺得很熟悉。接下來，每句對話似乎都預先知道。坐旁邊的伴侶扯扯我衣服，小聲說：「看過了。」

「上次看過預告片。」我堅持。

再幾個鏡頭，愈來愈熟悉。啊喲不好了，就在一個星期之前，同樣坐進這個電影院，看的是同一場電影。

黑暗中屈身說抱歉，快步走出來。走到售票櫃臺，解釋這個情境。

回答很制式：「退票規定是開場前三十分鐘。」

我小小聲說：「有例外吧！」

沒有回應。

「一定有發生過，有人這樣。」我繼續拗。盤算是，對你們電影院這般死忠，應該換一張票給我。

電影院的櫃臺經理做出宣判：「只有你，沒有人像你這樣！」

五月間進醫院肺部手術，半年內又發現再度罹癌。

沒有人像我這樣？

應該說機率極低，極少人像我這樣。然而，拗沒有用，事情來了，賴皮也沒有用，我必須面對自己的「特殊」狀況。

手術前，又聽到熟悉的那個字眼：「標記」。

「標記」是切除前的例行步驟。圍繞著腫瘤的大致位置，藥劑由局部皮膚注射進去，看哪一顆淋巴結先染色，最先被藥劑「標記」出來。這一回，注入體內的藥劑是靛青色，儘管害怕，那色彩依然讓我心裡一陣歡呼，真好看啊！我想到紫藤花、想到薰衣草、想到梵谷油畫裡的星空……

用靛青染色，「標記」出來的是所謂「前哨淋巴結」。坐在那裡等著針頭進入身體，我想的是，一堆淋巴結爭先恐後，看哪個最快冒出來，像不像頭城海邊竿子上的「搶孤」活動？

冒出頭的淋巴結，手術時切下取出。經由一顆至三顆「前哨淋巴結」，估計癌細胞蔓延到多深多廣。

這情節令人驚恐，「標記」若是手術的序幕，那麼，什麼是即將進入的下一幕？排好了住院日期，手術正在準備中。好像一塊肉，送進了絞肉機，一切按步就班，不可能在下一轉之前停下來。

一日日接近手術，面對它吧，先弄清楚自己為什麼害怕？

「害怕，是一步步接近真相時的自然反應。」讀過的書裡有這句話[1]。真相來了，趕緊摀住蓋住。害怕，像是躲藏自己的一件斗篷。然而，願意掀起斗篷，才有機會看見……害怕的究竟是什麼。

以看電影做比喻，恐怖片中最緊張的高潮來了，用手掌摀著眼睛，從手指與手指的狹縫盯著下一幕，心跳果然……愈來愈快。我若是把手掌放下來，正視整個銀幕，幾秒之後，沒有被嚇昏啊，眨眨眼，並沒有那麼可怕。

瞪大眼睛，注視著情節，注視著劇中人的動作，注視著整個銀幕，眼尾還見到其他觀眾，而害怕，它不是我摀住眼睛覷到的那樣。

不逃避、不摀住眼睛、不用斗篷蓋住自己，那是個契機，我與眼前的真相……開始產生聯繫。

斗篷掀開來，才有機會接觸到真相。至於我心裡害怕，屬於接觸真相的前奏。以佩瑪．丘卓的話來說，那是「跟害怕產生某種親密關係」[2]。

許多年前，我曾與一位小學同學見面，我們討論起信仰問題。我說，自己才不相信地獄有多麼嚇人或者惡鬼有多麼猙獰那一套說法。基督徒的她笑著回應我：「需要那樣的說法喲。有一些人，就是被『嚇』進天堂的。」

當時聽到，只覺得這說法很奇特，因為害怕地獄，才被嚇進天堂？我望著小學同學，點點頭，心想她的回答頗為幽默。

對照著佩瑪．丘卓的話，嚇進天堂，似乎有另一層深意。嚇一嚇，明白生命的危脆，從此改變處世態度；因為被嚇了一跳，與害怕做親密接觸，換來的，說不定正是……天堂的入場券。

用嚇、用哄、用說理、用直覺，端看各人時機與因緣，皆屬於了悟的不同路徑吧！基督徒以天堂地獄勸說世人，若以帶著禪意的語言來說，怕了，再一個轉身，就有機會撞上自己的「佛性」。

烏雲有金邊，我告訴自己，學功課的時候又到了。跟自己的害怕做親密接觸，這功課很新鮮。

功課新鮮，也因為自己一直都在逃。過去，我總在找可以隱身的「任意門」，害怕的時候躲進去。多年來，我是個寧可當鴕鳥的人。

作品顯示心理狀況，我寫作的小說也顯露本身的鴕鳥心態。翻看自己寫的書，故事主題常常是逃[3]：逃離原生家庭、掙脫不幸福的婚姻、避開綑綁住自己的規條，女性在愛情中劈腿、婚姻裡出軌，重點不是出現了另一個理想對象，而是想逃離生活沒有出口的窒息感。一篇一篇小說，一層一層關閘，闖關成功進入下一關，一關又一關，眼看接近出口。為什麼閘門依然緊閉？若說，作品表現作者的潛意識，我這作者心理狀況正在尋找出口：心底的聲音是：不會吧，這人生總不會無處可逃。

心底的聲音告訴我自己，除非，除非另有視角、除非拉高鏡頭……透視整個環境、看清楚一道道闢閘的結構，要不然，逃不出繼續撞牆的宿命。

我隱然知道，宗教是個拉高視角的好方法。往高處祈求，廣角鏡拉開，就有機會展現寬闊的視野，而我始終對宗教好奇，依循的卻是那句矛盾的反語：「我是我所不相信的神的忠僕。」

病後，這部分的認知如故，我看待信仰依然像是矛盾語：懷疑，才是最大的恩寵；正因為不肯輕易相信，其中存著最大的堅貞。

雖未隸屬任何宗教，我願意相信祈求的力量。當渺小的世人合掌祈求，如果祂真的站在高處，祂一定願意撫慰世人的軟弱，而無助的時日，我也曾俯首垂頸，跪在神壇之前，求祂保佑我父母。

多年前，養母病弱的那些日子，擔心養母會害怕，預見她前面的路不好走，當時，我請來牧師，到養母床前為她施洗。

那些日子，眼見養母日益孱弱，我自作主張，替養母做了許多決定。我由基督教書店買來經句條框，掛在養母床榻前。養母最後那段時間，張開眼睛看見的是這一句：「祂是我的避難所，是我的山寨，是我的上帝，是我所倚靠的。」

我希望養母有所依靠，軟弱時受到救恩的呵護。養母喜歡唱歌，我猜想，聲音對於她必然有特殊的安撫作用，我在養母床前的小音響以CD放聖樂，譬如那首〈奇異恩典〉，每天早晚反覆播放。

「凡祈求的，就得到；尋找的，就找到；敲門的，就為他開門。」[4]叩門的，就為她開門！擔心養母接近生命終點，我認為她會需要簡單又可靠的承諾。

有些日子，我趴在養母床前與她一同禱告。那時刻，我心裡確實有神。

現在，輪到我自己病苦當前，手裡握著書，那是最溫柔的陪伴。有時候，眼前一本書是鑰匙，如同拿著鑰匙打開書庫，一本書牽連起另一本，我在腦海裡重溫許多本書。

有的書曾經熟讀，卻沒有印在心版上。病了，它們自動返來，隨輸送帶（「迴轉壽司」的概念？）輸送進意識，帶來適時的慰藉。佩瑪．丘卓的書就是例子，當我害怕時，我兀然記起她書中還有這一句：「佛性，喬裝成害怕。」[5]原是佩瑪．丘卓學生說的話，她在書裡引用。

佛性，可以「喬裝」成害怕？當年讀到，我顯然似懂非懂。「佛性，喬裝成害怕」是上半句，它沒有完，下半句更精彩，帶著俚語的直接。下半句是：「踢踢我們屁股，讓我們有所覺知。」[6]

在診間望著粗針，心臟砰砰地跳，針頭來了，就要刺進身體裡。要不要閉起眼睛？有些時候，我會用另一項相應法門。

跳上天花板，蹦高一些看自己，眼前這個女人叫做「自己」？再以看電影做比喻，在電影畫面裡看到什麼？我看到「她想著要不要閉起眼睛」。心念跟著劇情走，我正在做觀眾？觀看自己的實境？實境是「害怕」沒有錯；切換成電影鏡頭，「害怕」……變得有些失真，它沒有那麼讓人害怕。

頻頻寫到電影，恰好有這樣一本書，書名是《*Life as Cinema*》（中文為「人間是劇場」，直譯也可以是「人生是電影」）[7]。一幕接一幕，而眼前一幕即將過去。眼前即將過去的場景，包括感覺到的害怕，不過是電影情節中的一幕。

電影做為譬喻，晃過的情節如露亦如電，我們不知不覺被電了一下、被踢了一腳，應合佩瑪．丘卓書中那調皮的下半句：「踢踢我們屁股，讓我們有所覺知。」冷不防被踢，挪動一下位子，或有機會與心中真正的感受相結合。

心中真正的感受，怎麼形容？

以什麼樣的名字去描述這份感受、稱呼這份真理、讚歎其中的啟示，名字究竟是「上帝」是「佛陀」是「阿拉」，只是不同的稱謂[8]，代表人們接觸到真理的不同路徑。我猜想祂全知全能，祂無所不在，在至高處的祂，應該也不會介意怎麼被人稱呼或被人誦唸。

烏雲有金邊，我告訴自己，這是學功課的時機：接受我會怕、我會懼怖，才能夠觀照它。剝開外表，直視所害怕的究竟是什麼，其中包含有所悟的瞬間。

再深一層想，其實許多害怕，都屬於事前的過慮，害怕的事並不一定真的發生。譬如哲學家蒙田，就在書中寫道：「我生命中充滿從來沒有發生過的不幸。」[9]

想想也確實如此，每個人花去許多心力，在處理「從來沒有發生過的不幸」。

罹病之後，我更頻繁提醒自己，身上的實際狀況已經夠傷腦筋，不妨節省精力，別事先預設一堆還沒有發生的不幸。更何況，近代科學研究指出，人類腦袋不能夠區分真實的景象或是想像中的景象；換句話說，對一件事的憂慮跟那件事真實發生，頭腦搞不清楚，二者帶來一模一樣的生理反應。

事前害怕或憂慮，既不能夠改變將發生的事，還會導致壓力荷爾蒙急升，身體出現各種問題。

換句話說，擬想未來的慘狀，無助於生活品質。這一刻，踢在屁股上的一腳是讓我明白：應該珍惜的……就是眼前這還不錯的片刻。

The Gaps

功課

如果您屬於病友中的一員，如果您生過一場病或者曾經罹癌，多少心裡有隱憂，擔心下次檢查，擔心某個指數無預警升高……得過癌症的人更不免會擔心復發、擔心轉移、擔心化療的過程以及後遺症。

您不妨隨時提醒自己，擔心只是擔心、害怕只是害怕；而情緒，也只是情緒。試試觀察情緒的起伏，甚至找個簿子，記錄下來，用筆畫出起落的曲線，或者可以瞭解到，自己的情緒是怎麼回事。

情緒起來了，觀察它怎麼起來的，卻不必評斷自己。不同的情緒像跑馬燈，您就看著它們輪轉，而這樣照看自己的心像，您會覺察到，過去的忽焉過去；下一秒，又是與前一刻完全不同的心境。

只是跑馬燈的一景一景、只是電影的一幕一幕，漸漸地您會發現，情緒起伏，只是升高又落下的情緒……這份覺察，屬於我自己病後學到的功課，在陷入某種情緒而且愈陷愈深之前，先一步，把情緒當作情緒，不去評斷它，那些讓自己頻頻做比較的參考點也就消失了。

靜坐是一樣的道理。

氣息出出入入，至於其他，只是看著、只是覺察，覺察到現象只是現象、念頭只是念頭。當雜念跑來跑去，提醒自己回到呼吸。

坐著，眼尾餘光看著當下的情境。不去想它好或者不好，也不去想喜歡不喜歡，甚至於……不必加額外的……這個「我」正在坐著。

吸氣吐氣之間，漸漸地，可以客觀地看待「我」或「我這個人」。練習久了，「我」或「我這個人」，根本可以消失不見。

接納

害怕時，一個好用的方法是拉高視線，譬如，擬想著視線升到屋頂，由高處看這個「我」。

誰在怕？這個女人在怕，這個女人心臟微微收緊。她脈搏加速、血壓飆升，這是現象，不一定是「我」，應該不是全部的「我」。

省掉主詞「我」，客觀多了，「我」不必跟著害怕在走。

感覺到心裡煩亂，通常人們在意識裡自動加上「我」，變成「我」好煩、「我」心好亂。讀過的書提醒我，在痛苦或煩亂時先做減法，把「我」從描述中減掉。這樣的減法不只病痛時用得上，各種難捱的狀況，都可以試試。

其實想清楚了，只是習性在煩、情緒在亂。

暢銷書作者韋恩・戴爾[1]更為直接。將人們習慣的某些情緒，直接歸類在「無用的情緒」（useless emotion）。

「生命如此驚人地短暫，而死亡的陰影又總是無時不現」，這是他書中的句子。病痛來了，身體必然不舒服，但該來的還是會來，直接面對是上策。種種情緒，譬如擔憂、害怕，對於必須面對的狀況，絲毫沒有用處。

每個人都生過病，病所帶來的疼痛尤其不好受，包括刺刺的尖尖的長了牙的間歇發作的痛。或者不只表層，內部器官正撕裂地痛、扎刺的痛、洶湧的痛……

疼痛來了，坦白說，每一秒都不舒服，每一秒都不容易過去。

以我本身做例子，我承認自己非常怕痛。多年來，看到血、看到針筒，疼痛快來了，我直覺就想跑開。像是《綠野仙蹤》那隻獅子，我承認自己沒有面對的勇氣。「只要一有危險，我就開始心跳加速。」《綠野仙蹤》裡膽小的獅子說。

疼痛是我的罩門。進入診間，想著針尖由皮膚戳進去，想著鮮血汨汨湧出來，預期它會痛。我怕痛，痛就要來了……

怎麼辦？

羅癌之後，遇到可能產生疼痛的醫療程序，我試著改變「我怕痛」、「我在痛」的描述方式。若把視角拉高，看到的是：這個進入手術室的女人預期著痛……然後是，這個躺在床上的女人正在痛。

儘管痛是一樣地痛，拉高看，減去「我」，心裡卻少了拒斥它的情緒。

如果任由情緒席捲自己，一方面害怕痛，一方面怨念著身上的痛，怨氣爆表地想著為什麼這樣痛，就不可能客觀地觀察痛，可能也就錯過了……痛這個現象本身正在變化。

衍陽法師[2]曾將身體上的疼痛寫出來，她的形容是：「肝的痛，會慢慢從痛的原點，像粥煮沸後，粥面上的泡泡不斷沸騰、散去，沸騰、散去，沸騰、散去；有時又像雲的湧現、幻化。」

煲粥冒泡一樣的疼痛，是在形容肝癌帶來的痛苦。衍陽法師又寫著，看著看著，漸漸地痛就減少，有時甚至消失了。

衍陽法師生前在香港創立「大覺福行中心」，幫助過許多患者。在我們臺灣，聖嚴法師是受眾人敬重的宗教領袖。聖嚴法師在罹癌後，別人問候他病況，他說的那句「有痛，沒有苦」，同樣充滿啟發性。看待自己的病，兩位法師都一樣，以客觀又達觀的心情去直接面對。

此外，聖嚴法師以罹癌經驗廣為分享的另一句話：「病交給醫師，命交給佛菩薩。」聽起來平易，我想，必然安慰過無數患者。對病人而言，無論有沒有信仰、無論有怎麼樣的信仰，若可以一股腦「交」出去，把不能夠控制的事情一併打包「交」出去，總是輕鬆多了。

得知檢驗結果後，我本身的體驗亦是如此。病交給醫師，命數交給我完全無法臆度的上天。剩下的事情不多，頗符合我這個患者閒適的心情。

回想起來，我跟著聖嚴法師打過「禪三」，當年錯過了，並未把握機會多跟師父請益。罹病後，記起「禪三」的師緣，明白了還有一個地方可以「交」，自己的病不只「交」給醫師更可以「交」給師父。那個當下，立即覺得安然。

因緣不可思議，或許事到如今，映現的才是「迷時師度」的契機。

「交」出去不可控制的，換句話說，也就欣然接納了自己如今的狀況。

不「交」出去，又怎麼辦？若把焦躁或憂煩全背在自己身上，種種負面情緒削弱免疫力，亦可能複雜了病情。接納或拒斥，皆屬於主觀的情緒，而我本身有過經驗，它們直接影響生理反應。

有一次，面對某位護理師，言談間讓我感覺她似乎不甚敬業，我對她下針存著疑慮，管線上端那一瓶點滴硬是下不去血管。當時我心裡覺得好笑，想起《星際大戰》[3]的經典臺詞：「願原力與你同在。」[4]我的臂膀彷彿鼓凸出「光劍」，想來是我的「原力」！

存著對峙的念頭，「原力」竟可以這般強大？反過來看，無論治療過程中擔心的是什麼，心情上接納它，包括接納靜脈中的針管，收回硬要去抗拒的那股「原力」，治療或許比較順利吧！當時我心中胡亂想，想著有一天，說不定將有科學證據支持這現象：原力如何收放、光劍出鞘與否，關係著血管壁堅硬或柔軟。說不定，也關係著對疼痛的耐受程度。

接受它，不去抗拒它，不去怨嘆為什麼輪到自己。罹病，迎來奇妙的經驗，同時迎來新鮮的知識。

先說具體知識，沒有見過腫瘤醫師之前，我分不清「化療」與「放療」的區別，我不知道，外科手術與腫瘤專科不是同一位醫師。罹病後我依然無知，聽見乳癌分類中的「管腔A」與「管腔B」，一度以為自己成了腔腸動物。至於分類中所謂「三陰型」，我聽在耳朵裡，以為是山頂為界的山陰山陽，又讓我想到日本著名的「山形影展」。

不知道它們的副作用之前，朋友說起「小紅莓」、「歐洲紫杉醇」，以為如同一盆盆姹紫又嫣紅的「非洲紫羅蘭」，都屬於可愛的觀賞植物。

直到自己得病，豎起耳朵，才聽聞到許多跟癌症相關的故事。周圍這樣多的病友，每個人由不相信罹癌到終於接受，或多或少，走過大同小異的心理歷程。那麼之前呢？我可曾看見他們？我閉上眼睛，以為這樣就看不見？以為自己與罹癌的人命運不一樣？

如果引用科學數據，人的壽命愈來愈長，全球半數的人都將在此生遇到癌症。若放入統計模型裡，「我」這個人所以罹癌，純然只是機率，只是常態分配下的一枚數據。這枚數據在茫茫人海中毫不特殊：不過就是體內細胞快速老化，或是免疫系統一時出現漏洞，無法有效送出「殺手細胞」殲滅癌細胞……

僅僅是一枚數據，嵌在常態分配中並不特殊。這個「我」毫無獨特性，「我」的病也同樣毫無獨特性。了然到「我」在大數據中的位置，有趣的在於，恰恰與前面章節提到的相互呼應：寫作為理解自己？理解自己的獨特性，終是為忘記自己的獨特性。

接納自己的病情，繼而客觀看待面臨的處境，其實它充滿趣味。

手術後，我需要接受放射治療。一個半月的時間，固定時間走入治療室。每一日我都瞇著眼睛想像，這裡是「太空總署」。醫師指定的那一間，儀器叫「直線加速器」。想像自己是一臺登月火箭，而我這截火箭即將發射升空？等著加速送上月球？

科幻場景足以娛樂自己，候診時還有衛教影片可以看。幾組影片在病人等待的時間循環播放，「螺旋刀」、「銳速刀」、「弧形刀」、「伽瑪刀」……這類名詞在電視上輪番出現。我想著一把一把形狀奇怪的刀具，病人是需要打開的罐頭？或是抽出塞栓會「噗」一聲的紅酒瓶？

放射治療室疊著依病人身形打造的甲盔，有的患者需要一副鬥劍時的護身模具；有的患者病灶在口腔，需要戴上白色網狀面罩。這裡是如假包換的cosplay？或者外人不明就裡，以為闖入了西洋劍的演武場？

咻咻咻，戴上面罩穿上甲盔，迎戰的到底是癌細胞還是放射線？我由衛教影片學到，放射線由「光子」、「質子」、「重粒子」組成，加速後直直穿入身體。

三十天療程，碰到的都是需要放射治療的病友，姑且視做有緣分的同班同學。幾位男士需要喝大量的水，應該是療程需要，鼓脹起膀胱，才可以啟動加速器。

看他們朝口中猛灌水，活像是駱駝穿越沙漠的準備動作；或許他們負有祕密任務，需要放射線來超越極限。別小看這班同學，誰知道呢？說不定我們正是《復仇者聯盟》裡的超級英雄！但聽起來，這批男同學還多一重身分，坐在這裡，等著膀胱被加速器穿透，他們一刻也沒閒著，極為內行地談起ＩＣ產業前景。

除了是病友，他們另一重身分又是什麼？董事長、軟體工程師、專業經理人……側耳聽，我聽到不少高科技股的內線消息。一日一會，殺進殺出，若在治療期程中跟著買進，我早就可以獲利了結。

號碼輪到我，等待有了結果。走進「直線加速器」診間，又到自報家門的時刻。

每天重複一次，報自己名字，報生日年月。整個療程必須重複許多次。每一次都是我，不是我還有誰？我想著自己的祕密任務，為了防止有人（外星人？）來這裡混充病友，躺進屬於我的模型裡，伸長手臂，翻轉手肘，擺一個極不舒服的姿勢，只為了混充是我。

躺在加速器下繼續胡亂想，世間這樣多大大小小的癌，各種癌細胞在許多身體裡串連呼應，外星人肯定有他們的暗黑角色。那個所謂「零號」，如果癌症也有所謂「零號」，說不定正是外星人放進地球的病毒。為了障蔽地球人的心思、稀釋地球人的元氣，讓人類不能花心思在原本做的事。是啊，鐵定是……外星人陰謀。

科幻片開始，我躺進加速器內殼。睡下，手臂張開，往前平舉，露出腋窩，把身體放入模具內。放射過程中一動也不動，這個靜定的姿勢頗不尋常。有幾次，我胡思亂想，張開的如果不是手臂而是大腿？依然是科幻場景，我頭腦亂成一團，竟然想到《使女的故事》[5]裡基列國的授精儀式。

放射治療期間，每次在小卡片上蓋一個戳記，三十個空格，是不是蓋滿就有獎勵？拿著卡片去櫃臺兌換贈品。

醫療系統自動運作，我再度得到一張「重大傷病卡」。因為接連罹癌，我半年內拿到兩張。如果一張加一張「重大傷病卡」是集點活動，遇到百貨公司週年慶，我就可以領多重「來店禮」……

熱衷於集點活動的我，應該預想選哪一樣贈品，便當盒？暖水瓶？雙人牌烤盤？我喜歡捧著贈品的想像畫面。如果兩張卡兌換一大堆銅板，可以在夾娃娃機前試手氣，我想要抱回一堆可愛的皮卡丘公仔。

功課

平時，疼痛來了，無論牙疼、頭疼、胃疼、藥物止不住的疼痛，試著把自己想像成一塊小圓石，無論外在如何變化，讓自己躺在水流中休息。

這個方法，來自一行禪師。小圓石的想像，平日可以練習看看。有一天真的遇到狀況，任由水聲洶湧，從身上竄流過去。自己躺在河床裡，不必跟隨波濤而多做反應……

可以是圓石、可以是一片蚵仔殼，很痛的時候，也可以想像自己是一塊大海綿，具象地想想那幅畫面，成為一塊海綿，它吸納進來的壓力。

針尖扎在皮膚上，把自己想成海綿，似乎吸納了一些緊繃心情。

境況還沒過去，或許還是非常痛，這時候，搖搖頭對自己說：「一塊海綿也會痛。」緊張是難免的，無厘頭的想法卻讓自己輕鬆。

各人情況不一樣，疼痛的對治方法也不一樣。痛得厲害，止痛藥或麻醉劑都是必需的，在止痛藥或麻醉劑之外，您可以試試哪一種方法用得上。

前面提到衍陽法師，她曾兩度中風，又罹患肝癌、肺癌，她說：「**當一個人專注於某個痛點，是可以感受到痛的變化的。**」依據衍陽法師的經驗：疼痛，原來也是無常的。

另有一位常健法師，經常進出醫院接觸病患，他觀察發現：多數人生病時，要不，就是變成「職業病人」，生活只剩下病和藥；要不，就是急於和病痛切割。

專注？切割？太近或太遠都不一定合適。心情上不排斥也不推拒，帶著新鮮的眼睛，看看自己從中學到什麼。或是幽默以對，看看這場病究竟變什麼把戲、自己又會變得怎麼樣，保持客觀看待的態度，乃是與病症、與疼痛、與各種困境……拉出適當距離的方法。

途經吳爾芙

二〇一九年十一月，胸部發現有腫瘤，不確定惡性或是良性，等著穿刺報告的那段日子，恰恰是公司安排出差的時間。

出差行程中倫敦是重要一站，在亞非學院附近的Tavistock Square，路過吳爾芙居住過的房子。在這個地點，吳爾芙寫出一些重要著作，多年後，除了公園裡不起眼的一座半身雕像，早已沒有吳爾芙的生前痕跡。文字卻不一樣，配合著讀者的心境，隨時有貫串時空的連結。此刻我走在這條街上，腦海中是吳爾芙寫作時的心身狀態。

吳爾芙說過，「書是心靈的鏡子。」[1]照見了啊，她的文字讓人清晰地讀到思緒的湧動。譬如在這個地點寫的《戴洛維夫人》，看似描述生活細節，隱含著作者內心的抑鬱不安。長期與憂鬱症角力拉扯，吳爾芙在五十九歲那年，口袋裝滿鵝卵石，朝向水深處走下去。

吳爾芙讓人不安，她的文字一向讓我不安。我想著因為出差，延遲了知道穿刺結果（檢查結果躺在診所的網站裡，我決定不上網去看），但回到臺灣見門診醫師，那時就要面對宣判。若是惡性，又將經歷一次手術……此時，我在倫敦參加國際新聞組織年會，與媒體機構商談合作，並準備未來的合辦事項，我似乎故作鎮定，忙著工作，藉此與穿刺結果做出切割。

念頭起來，念頭過去，經過幾個紅綠燈，初冬天氣，裹著大衣的人群裡，望見街角的耶誕裝飾。這瞬間，或許是冷冽的空氣，在美國住家多年的記憶回來了，我記起耶誕前夕在百貨公司穿梭，替家人選購禮物，滿心歡喜地拿去結帳，彷彿預見到家人拆禮物時將多麼驚喜……

我一向喜歡耶誕節，平常捨不得買的東西放進禮物盒子，有時候，順便也多撈一樣東西買給自己。

這個季節的氛圍，像是我耽戀過的物質世界？立刻又轉念：如果手術，耶誕節後，會是怎麼樣的形骸？我眼光追隨著櫥窗的皮靴，時尚的圍巾暖和的手套，曾為我帶來快樂的物質世界即將不具意義？

快步走出商場，手裡多了禮物盒，我給家人選購了兩條羊毛毯。心裡想著《戴洛維夫人》裡的句子：「若現在即將要死去，那此刻必是最快樂的。」這本小說，看似描述宴會女主人的一日家居，死亡的陰影卻在意識中迴盪。念頭起來、念頭轉換，念頭在倫敦街頭一路流淌過去……

出差最後一天，飛機夜晚起飛，離開倫敦前有半個下午的自由活動。轉幾趟地鐵，找到弗洛伊德稱作「世界上最後地址」的那間房子。

當年納粹來了，大劫將至，弗洛伊德放棄維也納的舊住所，搬到英國。在倫敦這裡，短短一年光景，弗洛伊德已經走到癌末。

維也納或倫敦，弗洛伊德故居的動線或擺設都極近相似。這處宅第如同他維也納的公寓，既是全家人住處，也是弗洛伊德生前問診的地方。書房中心是他坐的椅子，旁邊是病人接受分析的臥榻。四周鋪掛手工織毯，架上有書、家人照片，散放著各式雕像以及考古遺址的出土物件。在弗洛伊德眼裡，心理分析與考古學家的專業十分相似，一層層深掘，寶藏總是躲在最底層。

弗洛伊德在維也納的故居我去過數次，這些年，成為我行經奧地利的必訪之點。此刻站在他倫敦的書房，與維也納故居不同處在於，這裡彷彿嗅得到死亡氣息。

這間宅第內，書房擺放兩張臥榻。隔著書桌，就在另一張臥榻上，弗洛伊德接受致死的針劑。罹癌十六年後，他自知生命已經走到末尾，由信任的好朋友動手，注射大量嗎啡，那是弗洛伊德替自己安排的「安樂死」。

我站在哪裡，死亡的氣息撲面而來。這張臥榻，與病人躺著向他傾訴的另一張，只有數吋之隔。

兩張臥榻，正是生與死的咫尺距離。

每次走進弗洛伊德故居，心裡總有一份激動。我自己探究原因，一個可能是：我一直盼望碰見如父親形象的分析師，可以在臥榻上娓娓道出這一生，道出冰山底下的內心世界。另一個可能，弗洛伊德代表我年輕時的心願。如果研究所念的不是統計，而是臨床心理，那麼，我就有機會探討別人內心，療癒別人心底的創傷……

無論什麼原因，想起弗洛伊德，心底就是有不一樣的觸動。包括閱讀文學作品，只要有關心理分析，我一定仔細閱讀。譬如那本《白色旅店》[2]，以小說形式，寫出弗洛伊德與被治療者之間的糾結，每個字都耐人尋味，我反覆讀了許多遍。

這些年，在心理學範疇之內，我涉獵過不少其他學派的著作，為什麼，我總又回到弗洛伊德？或許因為弗洛伊德本人極富文采，他書寫的論文充滿想像力，而他主張的潛意識對現代文學有至大影響。然而，這個解釋是表面一層，若由我自己探究，對於我，弗洛伊德是父親形象，而我的人生，朝向父親的孺慕是最強大的趨動力；母親對於我，比較之下，那是個空缺！

想像與母親相關的詞彙，常讓我覺得空虛。若繼續探究自己，譬如說，為什麼在老教堂裡坐下，我總會痴望著耶穌躺在聖母懷中的〈聖殤〉[3]雕像？

旅行到異地，特別到歐洲，踱進去任何一間天主堂，我一定四處尋找哪面牆壁或哪根立柱前有座〈聖殤〉。垂墜的肚腹、突起的肋排，肋骨處一攤濃黑的血，那是才由十字架卸下來的耶穌，而此刻的聖母瑪利亞，她眼裡無限哀傷，臉上滿是不忍心。

無論雕塑出自誰人之手，〈聖殤〉傳遞的都是母性的溫柔。老教堂黯淡的光影下，望著〈聖殤〉塑像，對於我，卻好像觸碰到已經合攏的瘡疤。曾經是我殷切的盼望啊，希望我母親眼睛裡有柔情、有不忍心，一瞬也好、一回也好！養我長大的母親向來剛強，對我這個孩子有期待、有管教、有供給，唯獨對我少了柔情。

當年，由馬奎斯小說[4]讀到那句：「哪裡去找從臉上幫他把眼淚拭去的好母親？」闔上書，我在這個句子前呆愣許久。啊，自己是不是也沒有？我沒有，從來沒有，沒有幫我把眼淚拭去的好母親。

為什麼在教堂裡痴望著「聖殤」？或許在心深處，我始終哀哀盼望著什麼。

我所希冀的那份柔情，是源頭？是火種？是每個人生命所由生？反過來看，由於這份曠缺，學會柔情、學會不忍、學會愛人，應該是我這樣出身的人此生最重要的功課。

少時我念過教會學校，每個年級以「信」、「望」、「愛」分班。出自〈哥林多前書〉的經句是：「如今常存的有信，有望，有愛，這三樣，其中最大的是愛。」[5]「最大的是愛」？當年並不明白，為什麼最大的是愛。記憶中，〈哥林多前書〉還有以打擊樂器比喻的：「我若能說萬人的方言，並天使的話語，卻沒有愛，我就成了鳴的鑼，響的鈸一般。」[6]「鑼」與「鈸」代表什麼？當年，我只記得字的筆畫超級難寫。

後來，在我青春時期，模糊地信仰著「真正的革命家是被偉大的愛所指引。」[7]切．格瓦拉[8]的話指引過許多同時代的人。當年，穿上印有切．格瓦拉頭像的T恤，似乎都能夠沾染到那份革命激情。

什麼是「愛」？什麼是「偉大的愛」？坦白說，我至今依然惶惑。嵌在各種不同的上下文之中，「愛」常常是過度泛濫的字眼。

換一個名詞，我希望自己具有的品質叫做「慈」[9]。「慈」這個字，對於我，最有感的定義是：「不把任何人趕出自己心房。」

依據《西藏生死書》的說法，跟「慈」有關的觀想有一個源頭：想著無條件愛過自己的人，經常是回溯至母親。《西藏生死書》寫著：「當自認為沒有足夠的愛心時，有一個方法可以發現和啟發：回到你的心裡，重新創造（幾乎是觀想）有人曾經給過你而真正感動你的愛，也許是在孩提時代，傳統上，你都是觀想你的母親以及她對你終生不渝的愛。」

然而，《西藏生死書》接著又說：「如果你發現有困難，則可以觀想你的祖父母，或任何在你生命中對你特別好的人。記住一個他們確實對你表現愛心的例子，而你鮮明地感受到他們的愛。」

若跟母親的關係有些糾結，依照《西藏生死書》，「慈」的觀想源頭倒也不一定是母親。遇見過善良的人、好心的人，遇見過無條件付出的人，都可以是慈的源頭。

若把罹病看成契機，把「慈」放在心裡，病後，處處都是立即的感悟。

每次踏入醫院，從在入口處為推輪椅的病人讓道，從遇到需要志工指路的家屬……聽到了壞消息？隨時有人滿臉不解，上天開的是什麼玩笑？多少惶恐多少不安，世界上竟有這麼難以承受的苦難！

醫院大廳裡，除非閉上眼睛，怎可能把任何人趕出自己的心房？等檢查、等結果、等病房、等醫師、等掛號單，走廊中聲音雜遝，病友互相叮嚀。偶爾小聲講幾句，聲音裡滿是焦灼。

進去診間，人人眼裡帶著驚惶；出來診間時，有人眼睛裡飽含淚水。診間外，對話圍繞著這些內容：「繼續增生，看起來要一個月。」「護理師說先打電話，看有沒有適合的血。」「白血球低落，不能夠打針。」「一直化膿，傷口還沒有結痂！」……摸著戴毛線帽的頭顱，為她繫緊領巾。家人的哀求是，再忍忍，再撐一下，撐到新藥上市，就不是絕症；明天可能開發出新藥，只要人還在，就保有一線希望。

我的心好痛，那是自己的痛？還是旁邊病友的痛？診間是教室、是劇場，讓人學習一生最重要的功課。

坐在這裡，再也不可能……將任何人趕出自己的心房。

候診的座椅上，有時候，我換另一種方法，修習「慈」的功課。

深深吸一口氣，吸進來旁邊病友的苦難，到我身上吧，如果可以讓旁邊這人比較好過。下一分秒，呼出一口氣，同時無聲祝禱著：「願眼前的人能夠遠離苦惱，得到平安。」

我在心裡重複《慈經》[10]的句子：「是你、是我，或是一切眾生，可見或不可見，居住在近處或遠方，都能夠遠離苦惱，都能夠得到平安快樂。」

這是我的誓願，吸氣吐氣，用全部心思，吸進來病友身上的苦。在觀想中，我希望自己一顆心包裹住所有病友的苦難。然而我知道，自己的心仍然不夠大，為什麼心不夠大？為什麼它不像彈性繃帶？拉出來伸長，可以為病友包紮止痛。若它是一捲繃帶，無限度張開，至少，它可以包覆住旁邊那位病友的痛。

我記起來了，多年前跟著聖嚴師父打「禪三」，師父一襲袈裟，袍子在身上晃蕩，那襲袈裟……彷彿可以承接許多人的迷惑與惶恐。

許多人的痛？一個人的痛？

「居士是疾，何所因起？其生久如？當云何滅？」

維摩詰言：「從痴有愛，則我病生。以一切眾生病，是故我病；若一切眾生得不病者，則我病滅。」[11]

功課

如果您喜歡寫字，可以鋪開紙張抄《心經》、抄《金剛經》，也可以學習作家奚淞，抄寫《慈經》。

不一定用毛筆，什麼筆都可以，一邊寫，一邊在心中唸誦。或者不出聲，專注於筆畫。一個字一個字寫，疏疏落落或密密麻麻都可以。

寫的時候沒有想法，沒有期待，沒有目標，抄經就是簡單的抄經。

作家奚淞經常手書《慈經》，他並將全文改成八十八個字，內容是：

願我遠離苦惱，願我平安快樂！

願你遠離苦惱，願你平安快樂！

願一切世間眾生

無論柔弱或強壯
體型微小、中等或巨大
可見或不可見
居住在近處或遠方
已出生或尚未出生
願他們都能遠離苦惱
願他們都能得到平安快樂！

這功課我亦以偷懶的方式在做。

我將《慈經》掛在書房牆上，走過，望著，隨口唸一遍，有時候唸兩遍，有時候一遍一遍一遍繼續唸。

想起寺廟前那些轆轆轉的經輪，手推一推，等於唸一遍經文，就有了功德。原來我在「轉經輪」，走過時望著，也算唸了一遍《慈經》。

笑著想，這倒省事。對於我這種懶人，處處在想辦法偷懶。

時空浩瀚

突然知道罹病，對任何人都是莫大的震撼。這樣的事在未發生之前，永遠不可能充分準備。如同拳擊術語knock out，硬生生被擊倒在地。時間斷裂開來，懍然於衝擊肉身的巨大力量。

接著進入醫療程序，與正常運轉的世界……彷彿拉起一道簾幕。明天、下個月、明年、後年，不敢想下去。「到時候我在哪裡？」心中存著問號，很難把日後的計畫視為當然，因為不確定身體狀況怎麼樣。

這樣的被迫中斷，莫非藏著珍貴的禮物？

《神話》[1]書中曾引巫師 Igjugarjuk[2]的話：「真正的智慧遠非一般人所及，它由偉大的孤寂中誕生，也只有從苦難中才能觸碰。匱乏與苦難讓心眼打開，看到那不為其他人所知的一切。」

不為其他人所知的一切，是什麼？稱做「上帝」？稱做「天意」？稱做「神」？「你要安靜，要知道我是神。」[3]安靜下來，心裡出現敬畏，內心小劇場裡的戲碼，無論好的、壞的，執著的、貪戀的，在更大的未知之前，都微不足道。

懍然的一瞬間，知覺到渺小，那是接觸到浩瀚的鑰匙。

之前的人生歲月，偶爾，我曾經感知到什麼叫做浩瀚。

譬如，我喜歡看星星，望著滿天星辰，找到排列整齊的斗杓，或者盯住鉤掛在夏日天空的天蠍座，數算星體與太陽系的距離，略略知道整個地球多麼渺小。所有地球人加在一起，只是滄海裡的一粒沙，而在宇宙蒼穹，我們的太陽，只是一顆平凡的小恆星。

舉幾個久經認證的比例與數字：太陽如果挖成空心，可以塞入一百三十萬個地球。銀河中至少有兩千億個太陽系。蒼穹中至少有一千億個銀河系。

抬眼星空，我們望著的是什麼時間的星光？這裡所謂時間，以「光年」為單位，又是大到難以想像的概念。目前望見的譬如「天狼星B」，早已經耗盡能源，由紅巨星的演化路徑，塌陷成一枚白矮星。我們肉眼所接收到的則是億萬光年之外傳回地球的遺痕。

至於我們的太陽，將會是同樣的結局。五十億年後，一步步成為紅巨星，吞噬掉水星、金星等諸多星體，成為一枚白矮星。仰望夏夜的星空，那道嵌滿微細光點的銀河，銀河中間，存在的是最終將吞噬一切的黑洞。這個時刻，黑洞正繼續膨脹，大口吞沒人們肉眼望見的星星。根據科學新知，膨脹最快的黑洞，兩天就吞噬掉一個太陽。兩天一個太陽？用怎麼樣的測量單位，才能夠估算黑洞的胃納。

生病之前，與浩瀚的偶遇，亦在旅程中發生。

旅程中，置身大自然的時刻，特別是上到高山，停下腳步突然回顧，發現被峻嶺環繞，那一刻的感動無法形容。如同黛安．艾克曼在《心靈深戲》[4]裡敘述，面對令人無言的景色，只能夠張大嘴巴呼喊，呼出一聲wow。

微弱的聲量成為山谷回音，對應著自己何其渺小。

這樣的時刻可遇而不可求，說來就來了。「當它發生之際……不需要多想，也毋須多說，這樣的凝視就是一種祈禱的形式。」[5]面對著浩瀚，只能夠全心讚歎，畢竟，讚歎也是一種祈禱的形式。我有多次經驗，對著高山、對著蜿蜒的冰河水，瞬間被聖潔的力量充滿。往昔歲月中這類偶遇，正是我心裡……旅者的真義。

旅次曾帶給我各種啟示。罹病時，竟也默默帶來指引。

等待手術的那個清晨，我躺在床上，心念流轉，彷彿遠處有些定點，曾經站在那裡見到的畫面，讓我澈底放鬆下來。那些定點，以及環繞定點的冥想，姑且稱之為自己的「聖地經驗」。

那些定點，像是哪裡？

定點，曾讓我心無雜念。航行的飛機上它牢牢抓住我眼眸。那一次，飛機降落西雅圖之前，拉開機艙小窗，雷尼爾雪山[6]潔白的尖端冒出雲表，在夕陽裡閃閃發光。我頓時凝注目光，知覺到發自內心的虔誠。

除了讚歎，除了心底的那一聲呼喊，那個當下，湧現的是難以言喻的歡喜。美到極致，而不會奢望擁有（沒有人會想到在雪山頂上圈地蓋房子吧），對著浩瀚的景色，渺小的自己……正與人類亙古以來……無數人發出過讚歎的集體潛意識做出連結。

後來，有機會一次又一次上去那座山，繞著冰川走小徑。一次又一次住進各式山屋，在各種氣候、各種角度瞻仰雷尼爾，為了屬於自己的「聖地經驗」。

不必去雷尼爾，平易的腳程也有機會。走在松雪樓後面的蜿蜒小徑，面對黑色奇萊，在心中升起相同的感動。

對於我，奇萊山始終散發著神祕的吸引力。或許它很難爬，對我代表超越極限。大學時我是登山社成員，奇萊山曾是心靈故地，當時山難頻傳，有許多生死一瞬的傳說。現在我自知腳力，自知這一生恐怕再也上不去了。我只能夠遠望它，特別在暗影之下，背光時的危崖與斷壁，我嚮往的卡羅樓稜線，嶙峋如刀斧削鑿，讓人滿懷敬畏之情。

其實，不必重訓也不必登百岳，若是晴朗無雲，坐在飛機上的靠窗座位，從桃園機場南飛，而飛行路線與中央山脈平行，一眼竟可以望盡中央山脈的幾處尖山。數數看，連峰近在眼前，近到彷彿可以用手指勾畫美麗的聖稜線。在飛機轉彎又爬升之前，臉頰貼在艙窗上，清楚浮現島嶼的形狀，婆娑之洋、美麗之島，這景象總讓我眼眶溼潤。

為什麼飛機上那麼易感？我想，亦歸因於機艙是懸空時段。身在這一端？還是另一端？時間失去尋常的意義，它迷走失聯，它兩頭不到岸，讓人在心中湧出奇妙的感動，而飛機上的「間隙」所以美好，亦因為……不知道另一端迎接自己的是什麼。

即使罹癌，我遊興不減。

想著的是，即使某一天病痛纏身，肢體拘禁在床上，插上一對想像的翅膀，頭腦仍可以繼續旅程，重遊那些計劃再去卻還沒有去成的地方。

手術第二日，還躺臥在床上，心中就已經默唸著魯米的詩：

……你生而有翼。

你本不應匍匐在地。

你能展翅，那就學會飛翔。

身體稍微復原，我就在規劃下一次旅行。若不是因為新冠疫情，這個當下，我在加州酒莊？那帕一帶？或是法國的隆河河谷？

想想吧，雖然無復當年的豪情，不再是酒莊裡一杯一杯接連試酒的身體狀況，然而想想也好，更何況我記憶是如此清晰，啊那不是記憶，嚴格說，曾是感官一再滑進去的軌跡；那個分秒，彷彿……嚐到夏日一杯白酒入口的甘美。

第一口，記得的，永遠是第一口！

在回憶中，透過我腦海中的幻術，第一口的滋味竟可以重複、可以再次重來，甚至可以與時俱增。

透過回憶的幻術，我已經學會飛翔，隨時臥遊曾經感動過自己的景色。今日與昔日，時空無縫拼接，完全分不出今我與昔我。「旅者或遲或早將面對這件事：如何度過旅程中每一日，如同我們如何度過此生。」菲爾・柯西諾[7][8]這樣說。

旅程中某些時刻，預示著我將如何度過此生，譬如在海邊觀看浪花。浪頭升高，激盪一陣，浪頭又被蓋過去；載浮載沉的人生是這樣，難以忍受的痛苦也是這樣，困難的時刻會過去。浪花消散了，然後，另一個浪頭湧上來……

望著，堤邊海潮起伏、水珠四濺，卻如一行禪師所說的，浪花有波峰波谷，皆不改它們皆是水分子的本質。

望見的無論是堤邊的海浪，或是山頂三百六十度全景，在山巔水涯，那一刻，外界風景曾與我的內在啟示相合一。

對於我，藝術的感動亦是這樣。譬如去到塩田千春的展場，立即脫離嘈雜的外界，與創作者的心思合為一體。

回顧一路走來的人生，隱隱然我始終知道，等待的是不期而遇的瞬間。那一刻，自己不再屬於自己，成為整體的一個部分。

運動員有時描述這類的極限經驗，包括馬拉松跑者經過喘不過氣的前半段，之後感覺到的runner's high；賽車選手在賽事過程中，潛能奔放的一瞬，踩踏著油門，在高速的頂峰感受靜謐，動盪中出現了平衡感。似乎置身事外，另一種至大的力量正在掌握方向盤。

對於我，多年來的寫字生涯也是一樣，某個奇妙的狀況，寫下的每個字突然如有神助。那瞬間，究竟是我在寫字還是字在寫我？究竟是我在閱讀還是書在讀我？

病過，打斷了平常的慣性。感受到生命的脆弱之時，手邊許多瑣事，原來一點也不重要。不重要的立即放下，心上的事只有幾樁。

介意的事變少了，我有更多時間發呆冥想，有更多時間眺望星空，也有更多時間在海邊踩著細沙散步，而奇妙的禮物更在於：看似平凡的每個間隙，與眼前的風景都可能……渾然成為一體。

「追尋者追尋的奧祕就是追尋者自身。」[9] 明瞭了嗎？自己真的明瞭？至少，我可以說，若非病了，不會像今天這般清楚明瞭。

The Gaps

功課

列出來，什麼時刻您曾覺得非常輕鬆，在記憶中，您曾與大自然融為一體？

閉上眼睛，讓那樣的景色繼續籠罩著自己，體會澈底放空的感覺。大海？田野？星空？冰山？飛機艙窗裡的一瞥？遠赴北國見到的綠光？浮潛見到的珊瑚礁？或許代表您心裡神聖性的嚮往，看電影一般，在您眼前浮現了曾經融入其中的景色。問問自己，那是怎麼樣的地方？

打開記憶盒子，每個人各自有特殊的心靈連結，正是前面所謂的「聖地經驗」。

「聖地經驗」為什麼讓人嚮往，其實它是個隱喻：個人的生命，關連著外界更大的宇宙。

坎伯在訪談中說過，每個人的生命，都顯示與整體的關連，而各個宗教都有類似的看法，譬如晚近在埃及出土的《多馬福音》[10]，耶穌在其中說：「從我口中喝水的，他必變成我，我亦會變成他，一切隱藏的奧祕亦必對他展示。」

「我」與「他」的合體，依坎伯的說法，那是生命隱藏版的奧祕。

試試看，想著您本身就包含生命的奧祕。

望著海浪起落，不知不覺，您融為大海的一部分，所有的心緒思潮，只是起伏的浪潮而已。

走在山林間，您覺察到……葉子落下，大樹倒下，卻以另一種形式回來……其中的感悟在於，豈只是一枯一榮而已？每一個生命現象，皆跟自然界的循環連結在一起。

閉起眼睛，記憶中的景象讓人放鬆、讓人自在、讓人與更大的蒼穹產生連結，正是「聖地經驗」對每個人的意義。

自己的提籃

《神話》書中，坎伯引作家喬艾斯的提問：「生命值得缺席嗎？」[1]答案顯然是：生命不值得缺席。

為什麼？因為是自身這一世的體驗。

活著的每一個分秒，包括病痛時刻，生命經驗都在繼續開展。它的意義比我們所感知到的，深得多也廣得多。

病了，當作一個觸機，體驗在生命彎折處出現。

生活步調慢下來，才明白之前心情有多麼亂。思緒紛紛亂，在腦袋裡比來比去，拿自己跟別人比較、自己跟自己比較，其實是習慣了比較，習慣以外界眼光評價自己。

因為生病，外界的標準遠了，心思集中於內在的體驗。翻開讀過的書，心理學家榮格亦曾描述這種心情：「我很早就有這樣的體會，對於生活的各種問題以及複雜性，要是從內心得不到答案，那麼它們最終只能具有極小的意義。……因此，我的一生外在事件堪稱貧乏，對於它們我沒有多少話可以說……我只能夠根據內心發生的事情理解自己。」

榮格很長壽，活到八十六歲。他的漫長人生跨足各個文化領域，遇見各種精彩人物，包括權貴、公卿、藝術家以及頂尖的學者。然而，看遍這一切的他卻說自己外在事件貧乏，只能夠根據內心發生的事情理解自我。

暮年的榮格又說：「我一生中大部分外在事件已經從我腦海裡消失……我無法追憶起來，也沒有重新追憶的願望，因為它們已經不能夠再激起我的想像了。另一方面，我對內心體驗的回憶卻愈來愈生動、豐富、多彩……」

其實，我們一般人也一樣，浮面的事物飛快從頭腦裡消失，觸動內心的記憶才值得珍藏，記得的是那些瞬間，包括言談中出現異彩、頭腦與頭腦碰撞時產生的火花……

這些意義上，對於我，罹病尤其是個分水嶺。之前常在忙別的，總有一件件忙不完的瑣事。某些時刻，我在無趣的話題裡頻頻點頭，重複一些人云亦云的看法；某些時候我勉強赴約，告訴自己那是不得不去的活動，我打起精神，表現得興致勃勃，輕易騙過許多人，不知不覺，似乎也瞞騙過自己。

病後，收束起瑣碎的念頭。看清楚自己的念頭紛雜又散亂，是不是偏離了心的方向？

帶著這樣的覺知，提醒自己不紛雜、不散亂，而一顆心處在正常狀態，依照宗薩欽哲的說法，就是「智慧」。

宗薩的說法一向平易，「智慧」不是什麼大字眼，回歸正常而已。

宗薩舉的例子也很平常，宗薩引聖者薩惹哈[2]所說的：「我們就如同泥濘的池塘，滿是淤泥。」宗薩接著說，面對這灘泥水，不要攪拌，不要動它，就有機會回到正常的狀態。

泥濘的池塘，那就是我們每個人的現況。心裡輪轉著焦慮、希望、恐懼、昏沉等情緒，如同泥濘的池塘正在冒泡。看清楚心裡是一灘泥水，卻不去胡亂攪拌，泥濘的池塘自然會回歸清明。

通常，人們做的不是等池塘回到正常狀態，而是急於找一樣外在東西當作湯匙，將池塘的水攪得更加混濁。

對生病的人，禮物在路上，其中一件珍貴的禮物就是平常心。病了，一切回到平常心，恰恰符合宗薩所說的正常。

以切近患者的語言來說，罹患過重症的人都盼望著有療癒的可能。至於什麼是「療癒」？什麼是英文裡的 healing？《好走》[3]由 healing 的字根找源頭，意思是恢復完整的過程。《好走》書中定義的「療癒」，就是恢復每個人原有的完整性，「心智與心靈在圓滿漫溢的時刻復歸平衡的現象」。

復歸平衡，就是正常，就是平常心。

病來了，以平常心看待病情的另一種方法，乃是想像人人眼前都有個提籃，提籃裡裝著這一生會碰到的事。有容易的也有艱難的，所謂的好事與壞事，包括順運、衰運、霉運等等，屬於自己的已經裝在提籃裡，無法推拒也無法逃避。

接受整個提籃，記得，它是屬於自己的籃子，卻不是由人揀擇的一個籃子。提籃裡裝的是分派給自己的，不多也不少、不太輕也不太重，怎麼面對、怎麼承受、怎麼處理這個籃子，恰恰是這一生需要學習的功課。拎起自己的提籃，以感恩的心接受它，便會發現它的份量竟然剛剛好，「生命總是給我們剛剛好的老師」。

上面這句出自《*Everyday Zen*》[4]，整段文字是：「生命總是給我們剛剛好的老師，包括每一隻蚊子、每一位主管、每一次大塞車、每一處紅綠燈路口，包括不幸、病症、快樂，或是沮喪……每一個片刻都是老師。」

每一個時刻都是老師。

病了，生命走到彎折之處，原是最佳的受教時機。

聽見罹癌的壞消息，剛開始不免大吃一驚，繼而會發現，瑣事從身邊迅速消失，珍惜的是某些事對自己的內在關連。此時環顧一生，更發現生命意義不在歲數長短，而在於真心體驗的某些「間隙」。若是細細體察，那些「間隙」如同摺扇，可以開展、可以無限延伸。至短的一瞬間，與無垠、無限皆可以聯繫在一起。

榮格的人生提供同樣的證悟。到暮年，他益發向內尋求，介意的不再是膚淺、破碎、喧囂、躁動的外在世界。

而病後的我，我在向內尋求的這個間隙，所謂「我」，「我」在哪裡？說話的，是「我」？疼痛的，是「我」？寫這本書的，是「我」？或許這個「我」最想要表達的，其實是與內在啟示相合一的體驗，以榮格的語言，那是：「我讓感動我的神靈，大聲說出祂的話。」

置身於大自然的「我」，面對浩瀚發出一聲驚呼的「我」，以什麼名字稱呼心裡虔敬的對象？用怎麼樣的語言形容這深刻的經驗或許並不重要，而重要的是，在那瞬間，感悟到本身何其渺小，雖然每個人的生命經驗渺小、片面、短暫，但它是整體的一部分，想著那個整體，或稱為神性的「祂」，而這無以名之的「祂」，遠比用任何方法能夠表達的更為深邃、寬廣、浩瀚。

恰恰因為自己渺小，才有機會感知到浩瀚；恰恰因為生病，禍福相倚，才收到這個提籃的禮物。

以上，是不是矛盾的反語？

反語像是「腦筋急轉彎」，思索片刻，原來的邏輯顛倒過來，事情不是原先以為的那樣。譬如叔本華說的那句：「為瞭解人生有多麼短暫，一個人必須走過漫長的人生道路。」又譬如，畢卡索的名言：「經過這麼長的年月，才終於變得年輕。」

恰恰由於生病，人生遇到險阻，才有機會讓歲月逆行。一個大逆轉……回到孩子拎起一籃禮物的快樂心情。

The Gaps

喜歡的樣子

若問我自己，自從知道罹癌，接連兩次罹癌，手術與治療之後，比以前的生活，糟麼？

我說不上來。

其實是更多的自在。

以前匆忙做的事，曾經不耐煩的事，譬如在燈下急呼呼縫一顆鈕扣，病後，想著未來不可知，可能是此生最後一次做針線。針穿過去，穩住鈕扣，針腳拉出來，線要拉得平整。一針一線，這個間隙多麼值得珍惜。

手沖咖啡時亦是如此動念。水柱以均勻的慢速注入濾杯，靜靜畫下日文的

「の」。每一口細細品嚐，嘴裡是綿長的核果香味。

此生最後一杯咖啡？與朋友最後一次相聚？跟親愛的人最後一回相守？……這樣想著，度過的每個「間隙」，出現了截然不同的意義。

生活是不是因而更有樂趣？

答案是肯定的。

更加珍惜每個分秒？

答案也是肯定的。

我自己確實驚訝，手術前與後，經過醫療程序，身體多了幾道疤痕，卻迎來安然而閒適的光景。

不諱言，每次等著回診，多少仍有忐忑的心境。罹癌的人需要後續追蹤，不知道下次檢查會如何，亦難說幾個月後，下下次檢查會不會出現新的狀況。然而在狀況來臨之前，工作時工作，吃飯時吃飯、睡覺時睡覺，沉穩的呼吸、如常的生活，就是這樣。

國外某些醫療相關的網站，將罹患過癌症的人稱為「倖存者」（survivors）。無論喜歡不喜歡這個命名法，指的是這一回僥倖過關，週年、三年、五年，每一次定期回診，都有高出一般人的罹癌風險。身為所謂「倖存者」，學到的是珍惜此時此刻，某一天，就算症狀再起，這具病過的身軀將迎來更多體悟。

罹患癌症，有人覺得危機四伏，好像揣著定時炸彈過日子；有人跟周遭產生距離，好像隔了一層膜觀看健康人的世界。

與健康的人隔著一層膜，毋寧是件好事。我對比之前自己的日子，暈暈轉的世界已經山外有山。心情平緩下來，倒像是山澗中一彎溪水。看似隨意行腳，卻是經過多少周折才來到這裡。

病過，例行的時程表驟然停住，連續畫面出現破口，正是提醒自己，我並不會永遠活下去。這個角度看，身為癌症患者相當幸運，或多或少，留給我足夠的時間，沒想清楚的有機會清楚，還有機會重新排列對自己重要的事。

反過來看，如果不是罹癌，日子只會陀螺一般繼續打轉，哪有機會去重新體認那些有特殊意義的事？

直至今日，坦白說，我依然有想不通的時刻。尤其在半醒未醒的夢裡，竟以為這一晌經過的皆是夢境。皆是夢境多麼好？夢醒就回到從前，兩側沒有那幾道疤痕，翻轉身軀就沒有隱隱黏連的痛覺，一切沒有發生，這一切都是一場夢。

醒了，敲敲自己腦袋，真叫做……顛倒夢想。

敲敲腦袋，手裡若是握著一臺時光機，難道我想要倒帶回去？難道，我還真想回到從前？若不是生病、若不是一年內連續罹癌，我不會明白許多事。

更重要的是，不是生病，我沒有機會去細細鋪排自己的許多感受。想來十分欣慰，這一具疤痕累累的身體，繼續有許多感受，還可以說感謝，還可以表達對周遭人的情感。格外幸運的是，我還可以寫、可以用文字傳遞心聲，這本書裡寫下的每一句，都屬於自己真切的體驗。

這本似乎是醞釀了大半生的書，是不是……最想要與讀者分享的一本？

幾個月來，未完成的書存在電腦裡，每天延伸一點點。心裡帶著這本書過日子，寫作過程恰好撞到新冠疫情。疫情期間，CNN主播克里斯・柯莫[1]的態度令我佩服。得知本身染疫，柯莫仍繼續主持節目，他想要跟大家分享，染上新冠肺炎的過程。他每天跟觀眾報告，身體出現哪些反應。他的做法是讓大家明白，染疫後居家隔離的真實狀況。

身為文字作者，我或許也提供相似的功能，記錄罹癌的心境以及自己的應對方法，有助於讀者認識這種病症。

有助於讀者？純屬心願而已。

身為作者，倒是因為這本書而率先受益。許多時刻，想像力馳騁，頭腦裡湧進充沛的快樂激素……回看從動筆至今，這本《間隙》帶來許多專注而愉悅的時光；其實，不只這一本，我寫的每本書都附加自娛功能。每本書看似寫給讀者，受益最多的總是作者本人。

尤其這本書，一切不確定的時刻，有一件確定的事持續在做。一日一日，攪動情緒的外在事物微乎其微，時間平緩地延伸下去，我安住在……心身的平衡狀態。

只能夠說，若沒有一而再的壞消息，就沒有這本在間隙裡寫成的書。其中有趣的關連是，生病帶來的不確定性，多少影響到這本書的寫作速度，比起平常動輒數年，這次快一些。

因為未來……充滿不可知嗎？

另有一件事更值得一提：在我漫長的寫作生涯中，這是第一回，過程中，我並不掛慮它是否成書。

多年來，我曾經患得又患失。過去在寫書過程中，總好像得了某種強迫症，深怕自己中途撒手，正在發展的意念來不及放入書中。愈接近完成我愈發焦慮，還差一章？還欠缺一個線頭？如果作者不在了，留下寫得七七八八的稿子，因為某些環節尚未合攏，外人將讀不出我這個作者真正的意圖……

擔心沒寫完的書被棄養，成為沒人照看的孤兒，我曾經非常焦慮。舉個今昔對照的例子，當年在美國居家，我每天開車上下班，出門上高速公路，那是車禍頻傳的495號環狀線。我坐進駕駛座，一邊調整後視鏡，一邊在心裡想著：「撞車、出意外，千萬不要在這段日子。一切可以等，等這本書寫完！」當年，一本書在未完稿之前，我會強迫症一樣告訴自己，如果沒有了我，沒有我吹出一口氣，正在寫的書不會活起來。沒有我，就沒有人賦予這本書生命，長成它應該有的樣子。

寫作《間隙》的過程，在一切不確定的當下，我反而從容地看待……它的進度與過程。無論能否成書，能否無災無恙寫到最後一個字，我告訴自己，這件事一樣有意義。

我確定的是，在難測的狀況下，寫出罹病的心境，對自己就是意義。過程中我無比專注，未曾掛慮它是否成書，寫作速度反而快了起來。

書問世的日子，跟這本書的牽連將會打上句點。我把這個句點看成隱喻，有一天，美好的記憶將消散無蹤，此生付出的真情、此生所有的不捨也將悉數歸零，當那一天到來，跟這個世界的牽連將會打上句點。

那一天來了，無論是什麼狀況，我這一刻的覺知是：那時候，必然是最好的結局。

樹木希林說過：「即使死亡，也是要以我喜歡的樣子。」[2]我全心認同她的這句話。目前每一刻，事實上，都是我喜歡的樣子。

屬於寫作這本《間隙》所帶給我的體悟：書寫完或未寫完，同樣有意義；寫到哪一個章節、停在哪一個章節，都是我喜歡的樣子。

停在哪一刻都可以，停在眼前這一刻也可以。當時間靜止，手臂鬆垂，滑鼠掉在地上，那就是我喜歡的時刻。並沒有其他時刻，比這個時刻更加安適、更加和祥、更合乎我自己的心意……

念頭一波一波，來去如同潮水。當那一天到來，恰似闔上手邊正在寫的書，我將緩緩闔上這無憂也無懼的人生。

功課

如果您相信持咒，「咒」連接內心的力量。

或者您單純是喜歡咒的聲音，沒有特別的想法、沒有特別的期待，您就是喜歡持咒時那音樂般的韻律感。

或者，您寧願心裡觀想，不出聲音也可以，同樣是在持咒。奧修[3]說過：「真正的音樂在空隙之中。」

咒，有長有短。常聽見的是「嗡嘛呢唄美吽」（梵文：ōng mā nī bēi mēi hòng），「六字大明咒」。

「六字大明咒」的解釋很多種，據奧修的說法，「嗡」是開花，「吽」是種子。所謂「嗡」，又是摀著耳朵自己會聽到的聲音，也有人說是寧靜的聲音、宇宙的聲音。整個「六字大明咒」，按照奧修的說法，意思是

「蓮花之中的鑽石」[4]。

是蓮花？是鑽石？我喜歡這光燦燦的畫面。許多時候，在咒語的聲音之外，我喜歡附加上一些想像。

想像力讓人心情柔軟，譬如，看到「綠度母」的唐卡圖像，我總會想起密宗的說法：「綠度母」由觀世音的眼淚化身而來。她是觀世音為世人憂傷而滴落的眼淚？想像自己沐浴在淚光裡，這一刻，似乎真的得到了「綠度母」的撫慰。

與綠度母有關的咒語是：「嗡。大咧。度大咧。度咧。梭哈。」（梵文：Om Tāre Tuttāre Ture Svāhā），所謂「綠度母心咒」。

世間有許多咒語，短的如「普賢如來根本咒」，簡單的三個音節「嗡－阿－吽」，我自己常常用，因為它容易記，同時它也可以配合呼吸。發出「嗡」聲音時吸氣，「阿」慢慢進入體腔，發出「吽」的聲音時，氣息由腹部呼出去。

稍長的譬如「文殊菩薩心咒」：「嗡阿喇叭札那諦」。更長的譬如「金剛上師咒」：「嗡－阿－吽－班雜－咕嚕－叭嘛－悉地－吽」，關於「金剛上師咒」，《西藏生死書》附錄中有詳細的解釋。密教高僧頂果欽哲認為，這個咒語蘊含著佛陀所有的教法。

三個字的「嗡－阿－吽」，正是「金剛上師咒」的短版。

您可以試試長短不同的咒語，看哪一個唸起來最順口，說不定，它跟您本身最為相應。

《心經》也可以當作持咒，一遍遍在心裡誦唸。

若覺得《心經》有點長，其中「照見五蘊皆空，度一切苦厄」，濃縮成這十二個字，或許比較好記。嵌入「苦厄」，病痛時在心中唸誦，尤其覺得安慰。以「照見五蘊皆空，度一切苦厄」當咒語，聖嚴法師體驗過，他說這樣唸有效用[5]。

若您覺得十二個字還是太長，身體不舒服時記不住。濃縮成更短的六個字：「照見五蘊皆空」[6]，六個字一樣可以當成咒語放在心裡唸誦。

困難的時刻，讓自己身心安頓，方法之一是持咒。

持咒時，相信它的能量。

我自己非常喜歡「**即使天空不再，咒語之力依舊長存**」這句話。您若相信它的能量，它自然就成為內心的定力。

注釋

反覆

1 佩瑪・丘卓原句是：Fear is a natural reaction to moving close to the truth. 出自《*When Things Fall Apart: Heart Advice for Difficult Times*》，繁體最新版《當生命陷落時：與逆境共處的智慧》，二〇一八年由心靈工坊出版，譯者為胡因夢、廖世德。

2 出自《*When Things Fall Apart: Heart Advice for Difficult Times*》。

3 《行道天涯》、《何日君再來》、《東方之東》、《婆娑之島》、《黑水》幾本長篇小說裡，主人翁都想要逃離，逃離禁錮自己的規範與束縛。

4 出自《聖經・馬太福音》7:8。

5 原文是：Buddha nature , clearly disguised as fear.

6 原文是：Kicks our ass into being receptive.

7 《人間是劇場》，見〈混沌〉之注 2（P.55）。

8 神學家喬瑟夫・坎伯（Joseph Campbell, 1904-1987），主張神祇雖有不同的名字，只是面具，那是真理戴著不同的面具。

9 蒙田這句話英譯是：My life has been full of terrible misfortunes most of which never happened.

接納

1 出自《*Your Erroneous Zones*》，作者是韋恩・戴爾（Wayne Dyer, 1940-2015）。繁體版書名為《為什麼你不敢面對真實的自己?》，二〇一六年由如果出版，簡體版二〇一九年由湖南文藝出版，譯者皆為林麗冠。

2 衍陽法師（1958-2015）長年在香港弘法，生前除了癌症，衍陽罹患哮喘、中風，曾幾乎失明，並多次遭遇意外。

3 《星際大戰》，原名為：Star Wars，是由美國導演兼編劇喬治・盧卡斯所構思拍攝的一系列科幻電影。

4 這句話的原文為：May the force be with you.

5 《使女的故事》，原文書名為：*The Handmaid's Tale*。瑪格麗特・愛特伍的長篇小說，亦改編為電視影集。繁體最新版二〇一七年由天培出版，譯者為陳小慰。

途經吳爾芙

1 原文是：Books are the mirrors of the soul.

2 《白色旅店》原文書名為：*The White Hotel*，作者是湯瑪斯（D.M. Thomas, 1935～），一九九九年先覺出版，譯者為鄭至慧。

3 〈聖殤〉的義大利語為：Pietà。題材來自《聖經》，描繪了聖母瑪利亞抱著被釘死的基督的情形。

4 出自《獨裁者的秋日》，英文書名為：*The Autumn of the Patriarch*。一九九三年由志文出版，譯者為楊耐冬。作者為加布列・賈西亞・馬奎斯（Gabriel García Márquez,1927-2014）。

5《聖經・哥林多前書》13:13。

6《聖經・哥林多前書》13:1。

7 這句的英譯是：The true revolutionary is guided by great sentiment of amor.

8 切・格瓦拉（Che Guevara, 1928-1967），出生於阿根廷，是古巴革命的核心人物、醫生、作家、游擊隊領袖。

9 事實上，「慈」與「愛」可以並用，〈哥林多前書〉講「愛」，同一章裡又說：「愛是恆久忍耐，又有恩慈。」

10《慈經》據說是佛陀對宇宙眾生的開示，來自於巴利文所記載的《小部經》中一部非常簡短的經，以「慈心應作」為經題，因此又稱《慈心應作經》。

11 出自《維摩詰所說經》，又稱《維摩詰經》、《維摩經》、《不可思議解脫經》。維摩詰是釋迦牟尼佛時代的佛教修行者，以在家居士的形象積極行善、修道，他是《維摩詰經》的主角人物。

時空浩瀚

1 原文書名為：*The Power of Myth*，繁體版於一九九七年由立緒文化發行，二〇一五年書名改為《神話的力量》，譯者為朱侃如。

2 Igjugarjuk（1885～?），愛斯基摩巫師。曾把一生的經歷說給極地探險家Knud Rasmussen 聽。這句英譯是：‘The only true wisdom lives far from mankind, out in the great loneliness, and it can be reached only through suffering. Privation and suffering alone can open the mind of man to all that is hidden to others.’

3 出自《聖經・詩篇》46:10，原文為：Be still and know... I am God .

4 《心靈深戲》原書名為：*Deep Play*，黛安・艾克曼（Diane Ackerman）所著，繁體版二〇〇〇年由時報文化出版，譯者為莊安祺。

5 引文見《心靈深戲》譯本P.45。

6 雷尼爾雪山（Mount Rainier），海拔為四千三百九十二公尺，位於雷尼爾國家公園裡，是美洲大陸最高的火山，形成於五十萬年前。周遭滿是峽谷、瀑布、冰穴及冰河。

7 這一段原文是：What every traveler confronts sooner or later is that the way we spend each day of our travel...is the way we spend our lives.

8 菲爾・柯西諾（Phil Cousineau, 1952～），美國作家，也是喬瑟夫・坎伯所著《英雄的旅程》（*The Hero's Journey*）的主編。

9 原文是：The seeker is the mystery which the seeker seeks. 語出菲爾・柯西諾。

10 《多馬福音》（*gospel of Thomas*），於一九四五年在埃及的拿哈瑪地（Nag Hammadi）發現，據說是耶穌十二門徒之一多馬所寫成。

自己的提籃

1 喬艾斯的原文是：Is life worth leaving？當然，喬艾斯的意思很明顯：生命不值得離棄，不應該缺席。

2 薩惹哈，Saraha，出生於婆羅門家庭，時代約為西元八世紀末九世紀初，他是印度史上重要的思想家之一。

3 完整書名為《好走：臨終時刻的心靈轉化》，原文書名為：*The Grace in Dying: how we are transformed spiritually as*

we die，作者凱思林・辛（Kathleen Dowling Singh, Ph.D.），她曾在安寧病房工作多年。繁體版於二〇一〇年由心靈工坊出版，譯者是彭榮邦與廖婉如。

4 《*Everyday Zen*》譯為《愛情與工作的每日禪》，作者是夏綠蒂・淨香・貝克（Charlotte Joko Beck, 1917-2011），她是美國「平常心禪」的創始人。繁體版於一九九四年由時報文化出版，譯者為陳麗西。

喜歡的樣子

1 克里斯・柯莫（Christopher Charles Cuomo, 1970～），美國CNN新聞節目主持人。

2 原文為：死ぬときぐらい好きにさせてよ。出自樹木希林在二〇一五年為日本寶島出版社拍攝的廣告。

3 奧修（英文譯為Osho, 1931-1960）曾是哲學教授，在六〇年代在印度經常公共演講，並旅居美國。也跨足新世代運動，亦有許多獨特觀點的著作。

4 梵文字面解釋為：「嗡 珍寶 在蓮花上 吽」。「嗡嘛呢唄美吽」中，「嘛呢」意為珍寶，「唄美」意為蓮花；「嘛呢唄美」按照梵文語法，意指「珍寶在蓮花上」，而前置詞「嗡」和後置詞「吽」是代表神聖的感嘆語。

5 引用聖嚴的話：「當遇見得失、利害、瞋愛、毀譽等等巨大煩惱的衝擊時，能於深刻的痛苦中，持念《心經》這句：『觀自在菩薩，行深般若波羅蜜多時，照見五蘊皆空，度一切苦厄。』記不得那麼長，即記『照見五蘊皆空，度一切苦厄』。」

6 「照見五蘊皆空」，南懷瑾先生認為這六個字是《心經》的精華，而《心經》又是整個佛法的精華。「照見五蘊皆空」意思是什麼？「空」的意思又是什麼？若您覺得空性比較抽象，一時不容易理解，那麼，持咒就好。若您對佛法的道理產生興趣，閱讀是個方法。一本書牽連另一本書，在您心中將湧現更多的樂趣。等機緣到了，另一層領悟來時，或許會漸漸明白空性。「空」與「有」兩者在辯證之間，「空」翻轉過來是「色」、是「有」，代表著無窮無盡的「有」……連結起「緣起性空」的意思。

第五部　誤解

☆以下每一個子題，皆跟病的日常有關，顯示人們經常誤解病、誤解病人。

說與不說

這一節是實際的問題。說與不說，經常是病人面臨的兩難。

不說，莫非是……因為很難說清楚？

有人問得仔細，怎麼生的病？之前有什麼徵兆、為什麼會發現、為什麼未能更早發現等等。打量你，一邊打量一邊惴度，心裡掂掂看看，跟你這個罹病的人有什麼地方不同，應該可以倖免，不會遇上這樣的厄運。你如實敘述，你見到面前這個人內心的恐懼，不想要像你一樣，努力找出與你之間的差異，因之可以逃過你身上的劫難。

望著面前的他這個人，你盡可能認真回答。你想要安慰面前的人，別擔心，罹病的人身上沒有「病氣」，即使有，也不會像「氣溶膠」在空氣中傳播。所以放寬心，不必拼湊無稽的猜測，然而，你怎麼可能不理解？面前的人只是希望找到與你的分別，切出一道鴻溝，確定自己身上欠缺致病因素。這屬於人情之常。

繼續一問一答，不必明說的潛臺詞是：沒有癌症的人必然做對什麼，或是性格上具有某種優勢、或是環境條件佔了得利之處，因此安居在健康王國這一邊。

未成為疾病王國的公民之前，你也是一樣，僥倖地以為自己不會淪落到另一邊。健康王國裡的每個人都這樣想。

早在一九七八年，蘇珊．桑塔格[1]寫出〈疾病的隱喻〉。桑塔格在那篇論文中說：「現代癌神話將易得癌的人想像成無感情、抑制、壓抑的人。」[2]〈疾病的隱喻〉後來收錄進同名書中。數十年後，到二十一世紀，許多人仍然認為罹癌者有固定的性格特徵，與《疾病的隱喻》出版時的認知並無二致。一位罹癌的朋友告訴我，她感覺到外界狐疑的眼光，還有人意有所指，悄悄問她的婚姻是否另有隱情。她告訴我，來由大概是幾位財經名人的妻子先後罹癌，而她們丈夫出軌紀錄曾在媒體曝光。朋友聽過的講法是：「罹患乳癌的女人，都是沒有丈夫愛的女人。」朋友跟我說，還真有不少人相信。

一切似乎言之成理：丈夫有小三，正室抑鬱，卻仍然曲意求全替丈夫遮掩，甚或挺身出面處理善後，對原本有尊嚴的女性想來是番折磨。外人的臆測是：這種壓抑的內在情緒，提供癌細胞集結的溫床。

四十多年前，蘇珊．桑塔格那篇論文舉出各種例子，描述將癌症病人「性格類型化」的社會現象。有意思的是，經過四十多年，在我們臺灣，以「性格類型化」界定癌症病人的說法是不是依然普遍？

這類迷思為什麼繼續盛行？幾十年前，蘇珊．桑塔格的解釋是：「對病做心理學上的說明似乎對人無法控制的經驗或事件提供了控制。」「病人被教導是他們自己造成病，也被教導他們活該得病。」換句話說，對健康王國的人，「性格類型化」提供一道安全閥！將病歸諸病人的心理機制，或把責任推在患者身上，某個意義上，乃是讓健康的大多數人覺得在這件事上沒有失控。

病人活該得病的說法，按蘇珊．桑塔格的理論，乃是讓整個社會鬆一口氣，「似乎對人無法控制的經驗或事件提供了控制」。反過來看，把癌症悉數歸於病人性格或作為，正因為癌症的源由仍有太多謎團待解，對醫界持續是難題。

桑塔格的文筆一向犀利，她畢生志業在解析各種社會偏見。桑塔格並以醫療脈絡來舉例，她回顧過去的年代，在可靠的療法尚未出現時，同樣地，世人曾經充滿偏見看待肺結核患者。肺結核患者被定型是憂鬱、內向、壓抑、柔弱的人。放在更大的社會脈絡中觀照，這種歸類法其實反映著眾人的內在恐懼。桑塔格舉的另一個例子是愛滋病，雞尾酒療法等解方出現之前，愛滋病曾被冠上「天譴病」的名字。人們排拒這種病，以「天譴病」稱呼它，認為同志做錯了事所以遭到「天譴」，應合的是異性戀社會對同志的偏見。

桑塔格以文字解析疾病的汙名化過程，亦是幫助患者免於二次傷害。患者已經夠辛苦，周遭親屬也在壓力鍋中，難道忍心讓他們再去承擔社會原有的偏見？難道再以無稽的說法去深化病人的自咎與自憐？桑塔格致力的範疇在文化批評[3]，我心儀的文學作家，譬如愛特伍與勒瑰恩[4]，則以詩意的語言，闡述飽含歧視的社會狀況。愛特伍的小說包括《雙面葛蕾斯》[5]、《使女的故事》等，背景都是充滿歧視的社會機制。愛特伍筆下，無論疾病、婚姻、生育等，對女性皆屬社會訓育的一環……

再以勒瑰恩的短篇〈離開奧美拉城的人〉[6]為例，小說的文字唯美，似乎刻意在營造無憂的氛圍，繼續讀下去，卻讓人明白每一個社會為什麼都需要代罪羊。後來，在勒瑰恩自選集《風的十二方位》[7]中，她特別回溯當時寫作〈離開奧美拉城的人〉的意旨。勒瑰恩援用心理學家威廉・詹姆斯一段論述，大意是：若烏托邦社會真實存在，人人幸福快樂悠遊其中，前提卻是「一個被遠遠排擠在外的失落靈魂必須過著孤獨悲慘的日子」。

《疾病的隱喻》書中，肺結核、愛滋病與癌症，當時是蘇珊・桑塔格深入討論的三種病症。

特效藥沒有出現的時日，人們看待結核病與今天看待癌症頗有相似之處。多年前，結核病曾與禁忌緊緊相連。我童年記憶裡，聽見過小小聲私語，有時候，用的字眼又是我聽不懂的「鈣化」，而我父母提起來很神祕，好像那是難以泯滅的罪證。他們倆皆在早年罹患肺結核，曾經影響到教書生涯？X光上的那些白點，曾經勾消過出國進修的機會？我童年時，肺結核早已有特效藥，但我父母仍然悄悄私語，因為罹病一度是祕密，而祕密反映著社會禁忌，即使事隔多年，他們大聲說出「肺結核」三個字仍然困難。肺裡的瘡疤早已經癒合，就算復發（我父親在晚年確實復發），屬於特效藥可以處理的問題。對於當事人，心理上的白點卻如影隨形，終其一生，似乎是個見不得人的汙漬。

當年是肺結核，今天是癌症，醫療系統未有治癒把握之前，病的成因持續在世人心理上造成陰影。

罹癌的人時時自問，為什麼是我？為什麼罹患癌症？為什麼是這種癌或那種癌？愈來愈多發現，包括「精準醫學」提供的證據，致病基因潛存在DNA結構之中。身上有某種致病基因，可能肇因於受精的一瞬，卵子遇見受精卵的一秒間。病理學界有一派，甚至認為生命長短以及罹癌可能性都是預設好的，在初初受精的卵子中，就已經預設下未來第一個癌細胞裂變的日期。

舉例而言，某種癌症基因叫做「生殖細胞系突變」（Germline mutations），譬如安傑莉卡．裘莉身上帶的BRCA，在胎兒受孕那個時刻就已經存在，爾後與此人此生的罹癌機率呈現相關。安傑莉卡．裘莉的血親先後罹癌去世，為永絕後患，她選擇手術移除乳腺。如果不是現今科學的進展，如果安傑莉卡．裘莉沒有做移除手術，如果她後半生果然罹患癌症，世人也可能臆測得病的原因，歸咎與布萊德．彼特分手，讓她成為「沒有丈夫愛的女人」，並勾串出婚變與罹癌的關連性。

反之，一旦藉由新科技，排列出癌症的完整圖譜，應該不是今天眾人臆測的那樣。到那時候將可以證明，當前許多說法都屬於無稽的推斷。

當前是瞎子摸象，環境？基因？摸到的究竟是象尾巴還是象鼻子？多種因素又在怎麼樣的情況下交互作用？這些交互作用下，癌細胞不受控制的生長，接著開始了殲滅戰役，火攻、圍堵、栓塞……放療、化療若殺不死它，還加上免疫療法與基因療法，假以時日，癌細胞又集結成為腫瘤，再次壯大，成為浴火重生的鳳凰。癌細胞與T細胞、B細胞、殺手細胞、巨噬細胞等長期鬥法，蹺蹺板一般此消彼長，各種療法成功率如何，至今醫界還在摸索，難以判定關鍵的因素。

依照蘇珊．桑塔格的說法，「人必須為自己的罹癌負責」是迷思，來由是人們無法拼湊出罹癌的全部原因。

反過來說，原因未明的狀況下，病人不可能為罹癌負起全責！肺結核或愛滋病的成因也曾經被世人胡亂揣測，等到醫學的進展可以對症下藥，各種迷思才漸漸退位。

因此，聽到有人罹癌，請不要依著「人必須為自己的罹癌負責」的迷思去審視罹癌者，不必去檢查罹癌者的個性／習慣／環境哪裡出了問題，然後下結論說什麼跟什麼有絕對的關連。對外人來說，這份克制很重要，既然搞不清致病原因，不妨把罹癌當作隨機事件。

外人怎麼看，關係到病人願不願意說出自身病況。身為罹癌者，我明白說與不說都存著陷阱。不說清楚，好像隱瞞什麼，不夠坦白；說了，又冒著風險，不知道將迎來什麼樣的反應。

譬如我本身的經驗，告知近親發現腫瘤時，這位近親沒隔一秒，手機中立即反應是：「我之前就告訴你，你作息方式有問題。我早跟你說過，不聽啊，這一回是嚴重的警告！」我明白他一片善意，想要表達關切，但他自以為指出問題，這態度卻讓我不舒服。當時拿著手機，出現溝通障礙，我說不下去了。

我的經驗是，患者的期待並不是外人告訴自己，「看，你就是哪裡出問題。」這樣說，甚至隱含著說話的人比較明智，沒有犯下與你這罹病的人一樣的錯誤。

告訴親友生病的消息，罹病的人很容易就碰上外人替自己拿藥單，建議病人改變行為模式等等，然而，患者誠心分享罹癌的消息是一回事，接下去，病人難道就應該接受所有的善意「指正」？畢竟，被別人認定哪裡出了問題，這與病人心中感悟到的並不是一回事。若出於病人本身，無論湧現的是反省、是悔改、是見地，還是改變生活方式的願望，屬於病人自己的決定；至於被外人指認罹病原因是如何如何，病人若也照單全收，有時候是在強化整個社會對疾病的誤解。

大多數狀況下，罹患重症的人居於弱勢。病了，彷彿做錯什麼事，別人的「指正」，只能夠默默聽著。即使說的遠非實情也很難反駁，當面直說：「不，我不是這樣」、「不，我可不這麼認為」，需要異於尋常的勇氣。病人面對的既是講不清的誤解，很多時候，病人選擇不說，寧可同病而相憐，把病情與陌生病友分享。

導演是枝裕和在《我的意外爸爸》裡，安排過一段對話。電影中，那位妻子跟責怪兒子不夠傑出的丈夫說：「沒失敗過的傢伙，是不會理解別人的心情的。」稍微改動一下，就可以變為：「沒有重病過的傢伙，是不會理解別人的心情的。」病人不願意向外人訴說病情，因為外人無從理解。

對病人而言，病過之後，怎麼處理生活與怎麼度過餘年，這類重大抉擇仍應由本身做主。無論是從此茹素、運動健身或者搬到鄉下過田園生活，如果生病是改變的契機，那個契機需要由病人發現。除非已經病重到失去行為能力，病人有權聆聽本身內在的聲音，而浮現的內在聲音，代表這場病對這個人的特殊意義。周邊的人，包括近親在內，從旁陪伴著就好。

親屬陪在病人身邊，眼光中的疼惜往往比埋怨的語氣更覺貼心。對病人時時波動的情緒而言，語言有時是兩面刃。譬如以「你就是不聽」結尾的語句，對臥在床上的病人可能很刺耳。又譬如說，醫護來巡房，搶著替病人發聲，甚或摻入病人不予贊同的意見，家屬這般殷勤多事，不一定符合病人的福祉。

究竟怎麼做，對病人最好？眾說紛紜的狀況下，誰又知道誰真的做對了什麼？

書店平鋪著各種書，羅列各種食療聖經、自癒寶典，包括很夯的穴道養生、氣脈密碼，選擇並包括蘆薈、靈芝、牛樟芝、巴西蘑菇，維他命從A到D都相關，每一種都聲稱緩減病情，提升免疫力。有的書力道直接，教人一招殺死癌細胞；有的書，提倡與癌細胞和平共處。各種說法，包括互相矛盾的說法，讓人莫知所從。有些食補食療廠商，更利用患者以及家屬的惶惑，猛打不實廣告，販售對身體未必有益的產品。

目前，多數癌症還找不出確切源由，更沒有十足把握的療法。以乳癌的成因為例，許多說法都純屬臆測。其中這個說法很乾脆：「為什麼得到乳癌？原因是：胸前有一對乳房。」

講了跟沒講一樣，卻可能比其他答案……更接近事實。

一場病，被圈進「疾病王國」的病患固然直接承受折磨，以親近家屬來說，那是被迫離開正常運轉的世界。病人出院後，臥床若成為常態，居家環境充斥著醫療器材，時日愈久，對照顧者而言，愈可能隔絕於社交圈之外，愈可能失去周遭的支撐體系。照顧者若是在職，夜晚起身顧病人，白天還要照常工作，蠟燭兩頭燒的窘境只適合藏在心裡，若露出疲態，等同於自動在職場退縮，放棄升遷機會……

身邊有重症患者，心裡的苦楚向誰訴說？

跟病人說？跟家人說？跟外人說？「人類的悲歡並不相通」[8]，這句子聽起來冷冽，卻充分印證在病痛時刻。

悲歡並不相通，印證的亦是言語帶來的隔閡。

對病人而言，說還是不說，說多了說少了，究竟應該說到什麼程度？接下去，關係著這個「我」怎樣被定義、被歸類？病後，有時候話到嘴邊，想要直說發生在身上的事，望著別人的眼光，我感覺到個中的困難。

多數狀況下我選擇不說，其實是很想說啊，我想說的是：罹病之前與之後，世界裂了一條縫。我想說又無法說明白的是，從裂縫裡看出去，世界已經不一樣了。

正因為言語困難，寫下這本書，詳述我自己心境與罹病過程，希望分享的……豈止於罹病的人？

蘇珊·桑塔格說過，有一個疾病王國，另有一個健康王國，誕生在世界上的人都是雙重公民身分，每個人都將成為疾病王國的公民，遲早而已[9]。

在那之前，健康王國的公民雖在另一邊，聽一聽疾病王國裡的故事，應該不盡然是……虛耗光陰。

今我昔我

在別人眼中，病過一場的人，常被簡約到成為另一種人，不再是從前那個有樂趣、有熱忱的人。病過，在別人眼中，似乎應該變成……要求很少的人，即使病人有願望，願望也應該很基本款：「活著就好！」「回診看檢查結果，沒有復發就好！」

錯了、錯了，這是必須更正的誤解。

以我自己為例，連拿兩張「重大傷病卡」，仍然有一個需要被娛樂的腦袋。趣味，繼續是我生活的重心。

我一向喜歡看星星。病後，仰望夜空的機會更多了。

我喜歡看一彎月牙掛在天上，我也喜歡看在湮黃月暈裡的一輪滿月。日本動畫

《銀河鐵道之夜》[1]長久以來打動我的心。其中久石讓的配樂，那份說不出的荒疏之感，讓人想像……超出想像範圍的天體宇宙。

星星若隱若現的黃昏，對著掛在天際的弦月，伸長自己手指，想著柔長的水藻一般牽連起來。富有想像力的「以手指月」，恰恰是禪宗的一個譬喻。藉著這伸出去的手指，感受到如水的月光，畢竟那是指著月亮的手指，而不是月亮本身……

是月亮？不是月亮？歧義開展出豐富的想像空間。許多時候，閱讀的樂趣正由於歧義，頭腦獲致的滿足感也由於歧義；而更多時候，因為歧義，勾連出重重的枝蔓……

捧著一本書，卻在頭腦裡飛快轉譯，像是同時打開幾卷羊皮紙，出現摻雜著歧義的座標系統。譬如說，我讀《該怎麼生病》[2]的原文版，那句：「Without the bitterest cold that penetrates to the very bone, how can plum blossoms send forth their fragrance all over the universe ?」作者托妮．伯恩哈德應是由日文翻譯成英文。伯恩哈德以為它出自日本曹洞宗的開山祖道元禪師[3]，但伯恩哈德有所不知，在相當於南宋的鎌倉時期，道元禪師曾至中國求法，而這句話原本出自唐朝高僧黃檗希運寫的：

「不經一番寒徹骨，哪得梅花撲鼻香。」

全詩是：

塵勞迥脫事非常，緊把繩頭做一場。
不經一番寒徹骨，哪得梅花撲鼻香。

意旨原是告訴人們收心，因為禪修並不容易。伯恩哈德的譯文唸起來繞口，「撲鼻香」變成「普世香」；對她的英美讀者，卻不知道又牽連出多麼有趣的感悟。在這裡順便加一句，黃檗禪師另一首詩也很可愛：

心如大海無邊際，口吐紅蓮養病身。
自有一雙無事手，不曾只揖等閒人。

這首詩是黃檗與裴休的應答。他們之間的往來富於情味，而人生為了什麼，上面這首詩裡說得很清楚。

一首詩牽著另一首、一本書跨越到另一本，我喜歡勾連出枝蔓，像是趣味的觸動，時時在心裡別有所悟。

我又喜歡不正經的雜學。夏夜裡，鉤掛在夜空的「天蠍座」總讓我著迷，中間那顆紅澄澄的「心宿二」愈看愈像蠍子心臟。《詩經》的「七月流火」指的正是它。蠍子心臟與旁邊兩顆星，合稱「商宿」。到冬季，黃道轉了半圈，耀眼的是「動如參與商」的「參宿」，依照西方命名方法，這三顆星則是「獵戶座」的獵人腰帶。瞇著眼睛看，「天蠍座」與「獵戶座」？「商宿」與「參宿」？似真似幻，我凝神於東方西方兩套星圖的互相參照。

再以「獵戶座」與「天蠍座」為例，兩個星座在黃道是一百八十度，視覺中它們從不相會。西方神話因此引申出獵人與毒蠍結下仇寃的故事；而在華人的命名系統中，「參」與「商」指涉著一對失和兄弟，以及他們倆分封「參」、「商」兩地的故事。對照來看，華人系統與西方系統頗有呼應，西方系統將希臘神話放上夜空；

華人則入世些，天上星斗亦加官封爵，「獵戶座」的獵人腰帶到了華人系統裡，命名為「福」、「祿」、「壽」三星。若以星座與禍福的連結來說，用「紫微斗數」命盤論吉凶，與西方星象估算出的亦頗多吻合，都屬於統計學的歸納結果吧。我常以高度近視的眼睛夜觀天象，一片迷濛中，胡亂勾畫兩個系統相通之處。

對於我，又像是拿著一枝蠟筆，在星辰之間玩「連連看」遊戲。人們望著夜空，以不一樣的名字稱呼肉眼可見的星體，對於我，這正是互相參照的趣味。許多時候，看似不一樣的說法，它們系出同源，亦在表達同樣的感悟。譬如說，蘋果創辦人賈伯斯在史丹福大學那場演講，其中的智慧豈是憑空而來？明白鈴木俊隆在賈伯斯身上的影響，就找到賈伯斯許多想法的源由。

二〇〇五年，在史丹福大學畢業典禮上，賈伯斯鼓勵畢業生要繼續保持「初學者的心態」，並說出「求知若飢，虛心若愚」[4]等名言。對照鈴木俊隆在《禪者的初心》[5]裡所寫的：「做任何事，其實都是在展示我們內心的天性。這是我們存在的唯一目的。」賈伯斯習禪多年，受教於鈴木俊隆的助理乙川弘文。直到生命終點，賈伯斯未曾忘記年輕時的初心。

初心為什麼重要？因為純粹由內心趣味所驅使，並不包含世俗的功利目標。重複的讀，各類蘊蓄著作者智慧的書，對於我，閱讀的樂趣，正在於牽出各種角度的連接線。

病了，在艱難時刻，即使下一刻就是宣判診斷結果，前一刻握著的仍然是書。候診室手裡握著書，手術前枕邊放著書，任何處境下，幸好有書，讓我專注於另一個更有趣的世界。

讀不厭的譬如卡爾維諾，這位作者過世多年，我痴迷未減，戀戀地想著逗趣的文字出自他精密的腦袋。躺在病床上，想到他寫死亡，依然讓我會心地笑。卡爾維諾眼中，死亡是「我加上這個世界再減去我」。他又說：「……一旦死去，我們就不能實現我們的過去（那時我們已經完全擁有過去，卻再也沒有能力去影響它）和我們的未來（我們的影響即使能到達那裡，也已經和我們無干了）。」豈止有趣？卡爾維諾的文字映現著清明如水的智慧。

對於我，智慧若放上等號，它完全等同於趣味。

甚至我會痴想，等到此生終結，進入另一個世界，若與卡爾維諾在那個世界會面，與他複雜而充滿玄機的頭腦相碰撞，就連死亡也變得值得期待。

八世紀時在印度，寂天大師在《入菩薩行論》中說：「如果沒有智慧，所謂的悲心、愛心、慈心與戒律，就成了盲目愚昧的舉動。」依照寂天的說法，悲心、愛心、慈心等，皆是智慧的副產品。而智慧，對於我這顆等著被娛樂的腦袋，它伴隨趣味而來。

那麼，是不是可以再畫上一個等號？悲心、愛心、慈心，也可以等同於趣味。病過，我仍然愛胡亂想，仍然是原先那個尋找趣味的頭腦。若以我本身做例子來勸誤，那麼，千萬別誤解病人，以為病過的人不再是原本那個人。其實，她繼續做原本愛做的事，包括在不同系統間隨意畫等號、包括在星空下勾連……太空旅行的回程路線。

The Gaps

第五部　誤 解

死亡

先分享一則好消息。

許多科學證據指出，每個人身上都留有演化遺痕，其中包括腦內存著某種機制，源自先祖身為獵人的集體記憶吧！當遇上巨大衝擊（一隻老虎撲過來）眼前是最恐怖的景象（逃不了，死定了），腦內啡爆量噴發。那一瞬，沒有恐懼或痛苦（免驚，迎上去，與老虎對衝），眼前畫面是一片祥和。

由於這樣的演化遺痕，無論是飛機失事、葬身火海、戰場上中彈，或者在病榻往生，最後的分秒都不會感覺痛苦。

臨危救回來的人回溯鬼門關前，經常自述看到上方出現一束光、看到光亮的隧道等異象。在我想像中，由於上述演化遺痕，瀕死時，腦內某一處「鬧門」瞬間開啟，那束光亮與這處「鬧門」或有關連。「鬧門」的想法讓人心安。到時候，無論有沒有準備，無論時間多長多短，瀕臨死亡，過程都非常順利，每個人都將順利地抵達彼端。

即使預知過程會順利，從心裡接受自己瀕臨死亡並不容易。許爾文．努蘭[1]是外科醫師，生前寫過《死亡的臉》等暢銷書。他晚年罹患攝護腺癌，預感到生命將盡時，他說：「我不害怕死亡，但我一手打造的人生如此美好，我還沒有準備好離開。」[2]

努蘭醫師近距離凝視過許多死亡臉孔，這一回輪到自己，他卻說還沒做好這個準備。努蘭醫師跟大多數人一樣，瀕臨終點卻捨不得放手，在心中築起一道又一道防禦工事，希望與死亡離得遠一些。

一項心理學實驗指出，人類頭腦中存在某種機制，自動把本身與死亡的相連性刻意降低。我們大腦接收與自身相關的死亡訊息時，會自動產生「這訊息不可靠」而拒絕相信；而有趣的是，頭腦不只否決自己與死亡的關連，還傾向於將死亡想像成「別人的事」。[3]

面對死亡，從頭到尾採取抗拮的態度，女作家蘇珊．桑塔格是某種典型。

桑塔格中年時罹患乳癌，初發現就是第四期。經過化療，她奇蹟似的痊癒了。桑塔格在七十歲再度罹癌，這次是血癌，俗稱「白血病」。發現時她已病況嚴重，治癒機率極低的狀況下，桑塔格甘願忍受極大的痛苦，毅然接受骨髓移植。骨髓移植失敗，桑塔格不肯放棄，日日等著實驗新藥。源自強烈的求生意志吧，直到生命末尾，桑塔格仍積極嘗試各種療法。

桑塔格兒子大衛．里夫[4]在追憶文章中寫道，他母親癌末的日子依然是鬥士，每一天都等待新的治癒機會。他母親堅信身上不是絕症，這一回如同前一回，必定又可以康復。看在兒子眼中，桑塔格那段時期的心智極為專一，交談的話題集中在血癌的最新資訊。

大衛．里夫敘述，母親過世後，身為兒子，有些事在心裡繼續懸宕，始終沒有畫上句點。他在文章寫著，因為母親避免提起死亡，母子之間甚至沒機會好好道別。

大衛．里夫的文字讓我有感觸，由於類似的經驗吧。我與父親十分親近，但在父親生前，父女談過許多事，唯獨沒有談到父親身後的事。父親不說，我也不敢提及那個結局。終點線愈來愈近，佯做沒有看見，以為父親可以永遠活下去，以為不說就可以矇騙死神……

後來，我父親心肌梗塞突然過世。沒有說再見的緣故？對於我，父後傷逝的時間特別綿長。

其實我理解的，在女兒面前，我父親不願意顯示軟弱。父親從來不服輸，老了，他依然是守在第一線的捍衛者。

如同希臘神話中西西弗斯的象徵意義。一次次推石頭上山，推到頂，石頭又滑落下來。抵達山頂的一瞬，若有機會與上帝對上眼，西西弗斯必然滿臉睥睨的神情。撞到死神那一日，想來，我父親同樣會冷顏相對！

對我父親這樣的人，不屈不折，死神在終點等著又怎麼樣？像是詩人葉慈墓碑上那句：「投出冷眼。看生，看死。騎士，向前！」[5]

投出冷眼是一種方式。

另一種方式，卻是將死亡拉近、毫無違和感地放在身邊，甚至每天都會來回想死亡相關的事。罹癌的美國女詩人安妮．博耶曾在文章中寫著：「知道得到癌症，我警告朋友們，不要試圖叫我停止想到死亡。」[6]

死亡當作背景過日子，會不會影響生活品質？

不丹人民是個例子，他們不介意想到死亡，每日想好多次跟死亡相關的事；另一方面，不丹人民的快樂指數在世界上排第一。

死亡放在旁邊，跟自己很親近，與生活是否快樂……沒什麼相關。

如果臆測桑塔格生前的心境，去世前仍然試新藥、尋找新的治療機會，她遲遲不肯放棄，這份意志力與她最在意的創造力或者有關連。對於桑塔格，死亡意味著創造力歸零；而活下去，代表可以繼續寫下去。

日本作家譬如太宰治、芥川龍之介、川端康成、三島由紀夫等，皆由自己決定生命結束的時間點。在生前，他們信守的是「花屬櫻花，人惟武士」（花は桜木、人は武士），除非保有璀璨的創造力，否則，就毅然結束吧。

豈只在日本如此，創造力等同於生命意義，這一點，藝術家多有自己的堅持。「如果不能驕傲的活著，我寧可死去。」那是《霸王別姬》電影裡程蝶衣的心情。驕傲活著的意思在於保有創造力。「不瘋魔就不成活」？活著，就要活在創造力顛峰！這份意志屬於《霸王別姬》電影裡的程蝶衣，也屬於飾演他的張國榮。

生命有或無、創造力全有或全無，前提仍是「有」相對於「無」的二元對立。然而，另一個角度看，創造力只是生命的一種「示現」，至於死亡，則屬於生命的另一種「示現」。換句話說，死亡不是終結，死亡包含在生命之中。許多原住民神話都有類似的智慧，譬如《賽德克·巴萊》電影所呈現的。依賽德克族的說法，死亡是穿過一道彩虹橋，回到祖靈居住的地方。

銀幕上，歌聲唱到「我們死去的族人將會在彩虹橋上看著你們」，觀眾在心裡倍感衝擊。為什麼它引發共鳴？莫非死亡與生命的一體感，亦屬於每個人的內在啟示？

罹癌經驗換來一份覺知：死亡說來就來，很可能毫無預警，出現在生命的下一個轉角。

跟罹患過癌症的朋友一起慶祝生日，她認真地說，「怎麼有人會害怕年歲增長？」她又說：「得過重病的人，就知道，這枝蠟燭，插得多麼不容易！」

下一枝？不知道還有沒有下一枝。

那一刻望著蛋糕，我倆笑得非常開心。未來，難說還會插上多少枝。重點是，一枝與一枝之間，是否珍惜著每一刻的好時光？

因為罹病，許多時刻確實更加美好，卻又不止於此，還有現實上的福利。這位朋友說，手術後休養的日子，有人幫著把果皮削好，一片片整齊切開，整盤切好的水果放在桌上。「之前，可沒有這樣幸福過！」朋友笑著說。

我點頭表示同意。回頭來看自己身上的病，好處可真不少，包括每一次親人相聚，更加珍惜在一起的時光，如同樹木希林說的：

因為得了癌症，讓周圍的人都肯認真地面對我了。因為他們會想著，該不會明年的此時這個人就不在了，要把握能和這個人相處的時間啊。從這個面向來看，癌症真是有趣呢。

靠近死亡，其實頗為有趣。那麼，心裡排拒死亡，排拒的究竟是什麼？

有些對死亡的恐懼，源自成長路上留下的陰影。我小時候聽人說，撞到出殯隊伍要呸呸吐口水，以免沾到晦氣；那些年間，出殯隊伍的音樂喧囂又震耳，我總是及早轉向，鑽入另一條巷子。後來長大了，殯儀館參加公祭，結束時，門口擺設淨手的盆水，還放一張桌子，讓人摘下白花留在桌上。彷彿真有什麼不祥的東西，不宜讓弔客帶回家。這是一個例子，社會對死亡存著諸多禁忌，而人們在意識裡排拒死亡，其實是源自那些禁忌。

喬瑟夫·坎伯曾以伊底帕斯故事的「史芬克斯」謎語[7]，隱喻著生命循環與死亡禁忌。坎伯的意思是，若能夠解開這個謎語，生命將會出現另一重意義。坎伯在訪談中說：「當你無懼的面對並接受『史芬克斯』謎題時，死亡不再能控制你，史芬克斯的詛咒就消失了。對死亡之恐懼的征服，就是生命喜悅的恢復。」[8]

卸下對死亡的恐懼，就是「生命喜悅的恢復」？

拆解掉禁忌，是不是就解開了史芬克斯的詛咒？

《好走》[9]書裡，亦有個值得思索的定義：死亡是「假想的個體所假想的失落」。剝開「假想的失落」，看到自以為的害怕、自以為的危險、自以為的不安全等等，若是看清楚了，就會發現事情不是原先以為的那樣。

《好走》書中的核心意念是：「死亡是安全的。」

我還可以加上：死亡是順利的、死亡是自然的、死亡是壯闊的……總之，它不是原先以為的那樣、更不是原先所恐懼的那樣。

The Gaps

功課

害怕死亡麼？那只是表面一層，剝開那個表層，想想看，您真正害怕的是什麼？

離別？孤單？隔絕？被人遺忘？土葬的閉塞？火葬的灼燒？不再參與這世界的空虛之感？

一件一件列出來，整理一下，怕的到底是什麼，一件一件看清楚，或許您會發現，自己所害怕的事並不真的可怕。

若您心中擔心的是死亡將帶來隔絕、帶來離別，以為那是不再相見的「永別」，不妨想著生命去而復返，同時想著自己是復歸於海水的浪花、是凋零後又將按時盛開的春花……死亡不只是死亡，您跟生生不息的世界仍然一同呼吸、一同循環。

想著死亡，亦可以在心中複誦：

別說明日我將離去，
因為今天我依舊前來。
請深入觀察我：我分分秒秒都前來，
做春天枝頭上的一朵蓓蕾，
做一隻羽翼未豐的雛鳥。

接下來，還有每次讀到都感動我自己的一段：

我依舊前來，為了要歡笑，為了要哭泣，
為了要害怕，為了要期望。
我心臟的律動
就是一切眾生的生與死。[10]

以上出自一行禪師：〈請用真正的名字呼喚我〉。

長或短不拘，唸幾句，說不定您會覺得輕鬆自在。想著您的心跳，正與花開花謝、浪起浪落一起律動，而未來，您將在其中……繼續參與這樣的律動。

注釋

說與不說

1 蘇珊・桑塔格（Susan Sontag, 1933-2004），美國著名的作家和評論家。

2 《疾病的隱喻》（*Illness as Metaphor and AIDS and Its Metaphors*）這本書由兩篇文章組成：〈疾病的隱喻〉與〈愛滋病及其隱喻〉。繁體版於二〇一二年由麥田出版，譯者為程巍。這段話出自P.51。

3 蘇珊・桑塔格也寫小說，她最精闢的仍屬文化評論。

4 娥蘇拉・勒瑰恩（Ursula Le Guin, 1929-2918），科幻小說作者，著有小說二十餘部，及詩集、散文集、遊記、文學評論與多本童書。並與人合譯老子《道德經》。是我喜歡的科幻作家。

5 《雙面葛蕾斯》原書名為：*Alias Grace*，繁體版於二〇〇七年由天培出版，並於二〇一四年增訂新版，譯者為梅江海。

6 英文原名為〈The Ones Who Walk Away from Omelas〉。

7 《風的十二方位》，原文書名為：*The Wind's Twelve Quarters: Stories*，二〇一九年由木馬文化出版，譯者為劉曉樺。

8 魯迅〈小雜感〉，收入《而已集》。整個段落是：「樓下一個男人病得要死，那間壁的一家唱著留聲機；對面是弄孩子。樓上有兩人狂笑；還有打牌聲。河中的船上有女人哭著她死去的母親。人類的悲歡並不相通，我只覺得他們吵鬧。」

9 出自《疾病的隱喻》，繁體版原文為：疾病是生命的暗面，是一種更麻煩的公民身分。每個降臨世間的人都擁有雙重公民身分，其一屬於健康王國，另一則屬於疾病王國。儘管我們都只樂於使用健康王國的護照，但或遲或早，至少會有那麼一段時間，每個人都被迫承認自己也是另一王國的公民。

今我昔我

1《銀河鐵道之夜》原為宮澤賢治（1896-1933）於一九三四年所出版的著名童話作品，在一九八五年被改編成同名動畫。

2 原文書名為：*How to Be Sick*，繁體版書名譯為《佛法陪我走過病痛》，同〈彩虹〉之注8（見P.56）。

3 托妮·伯恩哈德自己注明，引文出處是道元寫的《永平廣錄》。

4 原文是：Stay hungry , stay foolish.

5《禪者的初心》英文書名為：*Zen Mind, Beginner's Mind*，繁體版二〇一五年由橡樹林出版，譯者為梁永安。

死亡

1 許爾文·努蘭（Sherwin B. Nuland, 1930-2014）生前是耶魯大學醫學院的外科醫師。著作包括《*How We Die:Reflections on Life's Final Chapter*》，繁體版名為《死亡的臉：一位外科醫師的生死現場》，時報文化出版，譯者為楊慕華、崔宏立。

2 許爾文·努蘭的原句是：I'm not scared of dying, but I've built such a beautiful life, and I'm not ready to leave it.

3 以色列巴伊蘭大學（Bar Ilan University）有一項研究，測試大腦如何處理死亡相關念想。實驗參與者持續且重複觀看螢幕上閃現的臉龐，包括自己和陌生人的臉，其中有半數的照片會搭配與死亡有關的詞彙，像是「喪禮」、「埋葬」等，另一半則什麼都不搭配，從中觀測大腦訊號變化。結果發現，每當測試者自己的臉出現在螢幕上，且一旁有死亡相關詞彙時，此人的大腦如同自動關閉，亦即大腦拒絕將自己與死亡聯繫在一塊。主導研究的多爾吉德曼（Yair Dor-Ziderman）表示，實驗成果顯示，當人類大腦接收與自身相關的死亡訊息時，會自動產生「這訊息不可靠」的反應；否決自己與死亡的關連，更傾向於將死亡想像成「別人的事」。

4 大衛・里夫（David Rieff, 1952～），桑塔格的兒子，本身也是作家。二〇一二年麥田出版《泅泳於死亡之海：母親桑塔格最後的歲月》（*Swimming in a Sea of Death: A Son's Memoir*），譯者為姚君偉。

5 葉慈（William Butler Yeats,1865-1939），是愛爾蘭知名詩人，一九二三年獲得諾貝爾文學獎。這詩句出自他晚年作品《班磅礴山麓下》，原文是：Cast a cold eye/On life, on death/Horseman, pass by!

6 安妮・博耶（Anne Boyer, 1973～），這篇文章題目是：What Cancer Takes Away（癌症所帶走的），出自《紐約客》雜誌。原句為：When I got sick, I warned my friends：Don't try to make me stop thinking about death.

7 「史芬克斯」謎語，它所隱喻的是人類的共同命運，出生時四隻腳／長大兩隻腳／暮年三隻腳的循環，象徵生老病死的人生。

8 這段話出自繁體版《神話》（*The Power of Myth*）P.257。

9 同〈自己的提籃〉之注3（見P.209）。

10 這一段英文版本是：

Don't say that I will depart tomorrow --
even today I am still arriving.

Look deeply: every second I am arriving
to be a bud on a Spring branch,
to be a tiny bird, with still-fragile wings,

I still arrive, in order to laugh and to cry,
to fear and to hope.

The rhythm of my heart is the birth and death
of all that is alive.

第六部

周遭

醫者

十年前，我受邀去和信醫院對資深醫師們演講。準備講稿時，我從書架上拿起《潛水鐘與蝴蝶》[1]。

當年，我想跟那群醫師分享什麼？

九十分鐘的演講是機會，緣自讀過那本書的感動，我極想讓在場醫者聽到重症患者的心情。

《潛水鐘與蝴蝶》是《*ELLE*》雜誌總編輯尚-多明尼克．鮑比的真實經歷。鮑比是時尚界名人，一九九五年某一日，正值壯年的鮑比突然中風。三星期後在醫院醒來，只剩下左邊眼球還可以活動。出版社協助下，鮑比由眼球的動作做出指示，一個一個字母寫下這本書。章節裡夾雜著溫暖的往事，讀者得窺重症者的心路歷程。

鮑比罹患的是「閉鎖症候群」，整個人如同鎖入無聲世界裡，最基本的要求也無從表達。鮑比寫著：「大部分醫護人員從來沒想到要跨越門檻，試著瞭解我的求救信號。……總是悄悄把我忽略過去，假裝沒看到我傳達的絕望訊息。」在法國那間醫院，醫護們粗心似乎是常態。鮑比在書中記述，有一回，手術剛完成，醫護人員忙著離開，卻忽略一道重要程序，沒有人對鮑比解釋，為什麼（順便？）把眼皮也一併縫了起來。另一回，精彩球賽在進行，鮑比正努力用僅餘的視力盯住電視。醫護進來，撂下一聲「晚安」，隨手關掉電視，頭也不回就走了出去。

《潛水鐘與蝴蝶》用「潛水鐘」做書名，那是潛水的人罩在頭上的呼吸裝置。「閉鎖症候群」患者彷彿戴著「潛水鐘」。醫者在海面上側耳聽，可曾聽到患者努力傳遞的心聲？

潛水鐘裡，患者的心聲只是：「能把不斷流進我嘴巴裡的口水順利嚥下去，我就會是全世界最快樂的人。」

當年在和信癌症醫院演講，提起《潛水鐘與蝴蝶》，我只是直覺吧，提醒面對重症病人的醫者更明瞭患者的苦楚。然而，我是誰？有什麼資格做出提醒？我這樣醫療環境的圈外人，又何嘗理解醫護工作的難處？包括提醒他們敏感，可能都是不合理的要求。醫護的天職既是第一線面對生死，若由著自己易感又脆弱，這份敏感會不會凝手凝腳，成為難以承受的重量？

從生涯初始，醫護人員就跟其他行業的養成教育不一樣。醫學院課業重不說，學生必須專志。當年我就聽說（我可是瞪大眼睛地聽人說），上解剖課，醫學院的「老師」包括逝者捐贈的大體。我這種怯懦的人，嗅聞到醫學院的福馬林氣味都豎起汗毛，同齡學子卻有勇氣拿解剖刀劃向屍體（他們不會昏倒？）漫長的就學過程中，準醫護們學會在高壓環境中保持冷靜，絲毫不會慌亂。

醫護們學習到比其他人鎮定，因為他們的專業不容出錯。萬一發生小小失誤，接下去自責與痛悔，將跟隨醫護們一生。想想，若不是發下大願、滿懷悲憫，怎麼會選擇這樣的高風險行業？

醫者在任何狀況都需要冷靜的頭腦；身為病患，不同的視角下，感受卻可能完全相異。

舉一個屬於醫療日常的景象：手術前，醫護們一邊檢查刀具一邊閒聊，內容由便當菜色到度假安排到同仁的劈腿八卦。同一時間，病人躺在推床上，手術在即，擔憂是接下去有任何差錯，可就不會醒轉。此刻，嘻嘻哈哈笑謔聲傳入耳朵，病人感受特別強烈，一呎外，醫護們自顧自聊天，完全無視病人的存在。

異地而處，醫護每日面對各種緊急狀況，一檯接一檯手術，隨時可能生死交關。手術的空隙聊些不相干的，正是快速排解壓力的方法。

然而，站在病人的角度，希望的是醫護過來床邊，看我一眼，說幾句話。麻醉藥上來之前，那是及時的撫慰……

醫護無暇與病患多說什麼，有時候更是制度使然。在我們臺灣，健保看病過於方便，大醫院病人爆滿，為趕進度，醫師常以最儉約的方式回應問題。目前醫療制度綁著健保，醫護人員成了血汗勞工。動輒掛號掛到一兩百人，早上看到過午，連吃飯時間都繼續問診。病人則是另一種心情，等待多時才進來診間，一大堆疑難問題等著解答，期待醫師有問必答，還希望醫師記起前一次討論的細節，關懷著求醫的自己。在醫師的緊湊時程裡，坦白說，那幾近苛求。

《潛水鐘與蝴蝶》書中顯示，病人就是存著這份痴心。即使鮑比已是「閉鎖症候群」患者，難以做出任何反應，他依舊殷殷期盼醫護們的關切。畢竟，疾症拘禁的僅是鮑比的形體，他意識仍然完好，《潛水鐘與蝴蝶》書裡每一頁，都顯示著鮑比的心仍然「像蝴蝶一樣四處飄飛」。

和信演講十年之後，也印證於我自己手術的切身經驗。

當時我手臂掛著點滴，頭頂醫療燈大亮，儘管下一刻麻藥上來，自己就會睡死過去，那個分秒，躺在手術檯上，我繼續是有感覺有反應的那個人。當麻醉藥發揮效力，在更深沉的夢裡，我應該……還是我。意識去而復返，我一直是原來那個人。

《潛水鐘與蝴蝶》書裡，鮑比只剩下一隻眼皮可以動彈，然而，原來的他沒有變，就連本性中的幽默也絲毫未改。

「……這一套方法溝通別有一番詩意，就像有一天，我表示我要眼鏡（lunette），對方卻問我，我要月亮（lune）做什麼……」

由一付眼鏡牽連起天上的月亮，沒有人理解他，鮑比兀自由重重誤會中繼續尋找詩意。

「至道無難，唯嫌揀擇。」知道自己病了，就開始在心裡不停地揀擇。希望自己有「醫師緣」，遇上都是和藹的醫護。

從可能罹癌的壞消息開始，頻頻請教谷歌大神，查看哪一位醫師對這病症最為專業；更重要的是尋找類似狀況的病患貼文，想知道這位醫師對待病患是否和善、是否有同理心。

病患時時在揀擇，關係著在診間怎麼被人對待。譬如，我曾在公立醫院見過一位副教授級眼科醫師，領域是「黃斑病變」。前一位病人想多問幾句話，遲遲不肯離座。他厲聲喝斥：「人人像你這樣，我們醫師都會過勞死！」接著，他拿起電話通知保全，說要把賴著不走的病人拉出去。

只是恫嚇，卻足以顯示這位醫師的權威性格。當時目睹這一幕，我攢緊拳頭，恨不得反手把這位醫師揪給保全。他說的是「我們」醫師都會過勞死，聽到的分秒我心裡想的是「人生勝利組」的這位醫者，與「我們」病人有共同點麼？他可記得唸誦過「希波克拉底誓言」？最客氣的說法是，他不該行醫，他做醫師的基本訓練尚未完成。

懷疑罹癌時，我碰過一位乳房外科醫師，那時我剛聽到超音波結果有問題，驚惶地問醫師，是不是先不做切片？有沒有其他非侵入性的檢查？答案彈回來，冷冰冰三個字：「不建議！」

我的問法固然缺乏邏輯，只因為面對下一步醫療選擇，我急切地需要指引，回答聽在耳朵裡，「不建議」三個字卻極為冷峻。立即的解讀是這位醫師不想與病人有所牽扯。確實，她始終面無表情，從未抬頭望著病人。坐在求診椅子上，我意識到自己的處境，對這位醫師而言，求診者只是一個號碼、一次例行手術，接下去，只是手術成功或失敗的案例之一。

病人面對醫師，存著卑微的心願，但願像《潛水鐘與蝴蝶》書裡寫到，十字架壓得自己疼痛難當之時，碰到有同理心的醫護，幫病人把十字架稍稍抬高一些。

若異地而處，這位外科醫師或許有苦衷，或許正背著她本身的十字架。她臉上沒有表情，或許是掩飾，不忍見太多的病苦；她表現出漠然，以「不建議」拉開距離，或許由於她內心充滿感性，在醫病關係建立之初，害怕自己失去冷靜，一下子有過多的情感涉入。

另外的時機點，我碰到過幾位極有同理心的醫師，我心裡滿滿是溫暖。

譬如那位執刀的胸腔外科醫師。排好手術日期，出乎我意料，他竟然把手機號碼寫在小冊子上給我。這個動作充滿溫情，代表醫病關係無比的信任。不只是我，每位他的手術病人都有這種殊遇。

又如負責乳癌後續的腫瘤內科醫師，他常把醫療知識化繁為簡，轉化成詼諧的語言。這位醫師形容為什麼罹癌，用語是：「你在小時候，不知道吞下什麼毒蘋果。」一聽在病人耳朵裡，病因遠在數十年前，且牽連著童話的想像，罹病這件事變得可笑了。像我，明明心裡害怕回診，進到他的診間卻總會笑聲連連。

還有一位甲狀腺專科醫師讓我很感動。放射性治療之後，出現了副作用吧，我甲狀腺有些不舒服。這位醫師給我處方。回診時她讀著電腦上的驗血報告，一面仔細地問我狀況。記得她對照著前後數據頻頻點頭，直說：「這樣，我就放心了。」當時我不相信自己的聽覺，天啊，她用字是「我」，她說「『我』就放心了」，她願意以自身的「我」，貼近病人的感受。

醫師對病人說出「我」，讓那個專業的、權威的「我」從階梯走下來，跟病人站在同等的高度，病人當場就暖在心裡。

不只在門診房間，檢查時我也遇過友善的眼睛，接收到傳來的正能量，譬如照胸腔X光的經驗。

肺葉微創手術兩天後，再進去X光攝影室。那位醫技人員主動說：「忘了麼？前兩天，也是我幫你照的。」擔心我身上有傷口會緊張，他跟我聊了幾句。站在機器前，我手叉腰，屏住氣，果然一下就好。重點是他關注的表情，離開攝影室時，那一聲「加油」，我聽進去了。

期望自己碰到和善的面孔，住院期間感受尤深。值班醫師、護理師不停在輪，有的粗糙、有的細緻，有人口氣急躁、有人動作魯莽。躺在床上，病人的要求不多，即使有所求，聽見粗聲粗氣的回覆，不敢回嘴，暗暗希望前一位溫柔的天使快些輪替回來。

病人毫無揀擇，接受落在自己盆缽裡的一切？身體不舒服時，尤其不容易。

同樣一件事，醫護怎麼表達，直接影響病患心情。病人處在醫療環境，聽進去的每個字詞都敲入耳鼓，都可能成為轟然巨響。我在乳癌手術後，遵循的步驟是先看病理部門的實習醫師，由她宣布切下來組織的化驗結果，並排定接續的療程。盯住我的病歷，這位實習醫師嚷著：「一個，你一個就中了！」她說的是淋巴結切下，發現還有癌細胞殘留。「中了！」「你中了！」她加強語氣，好像中的是威力彩，聽在病人耳朵裡，似乎在強調病況非比尋常。

等到正式回診，腫瘤內科醫師的說法令人安心，就算淋巴結仍有癌細胞，放射治療就可以處理。同樣一件事，換個方式表達，病患心情完全不一樣。

我本身容易緊張，進到醫療環境，血壓飆得非常高，簡直懷疑自己得了高血壓。後來，我聽說這樣的狀況叫做「白袍症」，事關「非自律神經」的自動運作。事實上，我們的身體反應經常自動自發，我驚人的「靈異」經驗是個例子：只因為下針的護理師讓我心存疑慮，我眼睜睜望著點滴，這時候心身合一，鹽水止住不動，硬是滴不進去，下不去我的靜脈血管。

醫療環境中，醫護人員不只主控病況，更主宰病人的心理層面。以我自己為例，包括復原速度，似乎都跟就醫時接收的正面訊息極其相關。

多年前我認識一位精神科醫師，有一回，到他辦公室聊天時我偷眼看見，桌上玻璃板底下，壓著六祖慧能傳下來的「四弘願誓」：

眾生無邊誓願度
煩惱無盡誓願斷
法門無量誓願學
佛道無上誓願成

「煩惱無盡誓願斷」，多麼困難的誓願？

當時望著「四弘願誓」，我心中大受感動。誓言壓在玻璃板底下，代表這位醫師誓願去做、誓願去努力，無論能夠做到多少，醫師的發心已經是意義所在。

The Gaps

功課

等在門診行列，遇見看起來在受苦的病友，我常在心裡實踐這「施受法」。紊亂不安的心情，很快平靜下來。

「施受法」，藏語為Tonglen，意思是給予和接受。《西藏生死書》裡講述了「施受法」的源由，據說，上師哲卡瓦格西曾運用這個方法治癒過痲瘋病人。

方法很簡單。

開始時，先吸一口氣。

將別人的苦以及苦的源由，想像成有形的黑煙，從鼻孔吸進來。慢慢吸進黑煙，感覺自己正承擔那人所受的苦，「就像從肌肉拔出刺來」，刺拔出來，別人身上的苦就不見了。

然後，呼出氣息。

在想像中，呼出的氣息伴隨著自己的誠摯心意，放送給需要的人，放送給同樣病症的人。盼望自己與他交換，本身承受他的病苦，而他卻因這份良善心意而迅速康復。

具象地說，把別人身上的病氣黑煙，包括別人不安以及恐懼的感覺吸入，透過每一個毛孔吸收進來；再把明亮、清新的氣息透過自己的毛孔送出去。

在冥想中，甚至把自己化成治療絕症的藥物，施與罹患絕症的人。

您可以試試看，感覺是什麼？

說不定，原先沉重的身體，在呼氣吸氣之間變得輕鬆，說不定，還附加上一層收穫，輕鬆的心情下，您身上原本感覺到的病痛，也一併消失了。

伴侶

自從在門診發現身體有異，彷彿走上奇異旅程。

多虧伴侶，陪我在迷宮似的甬道穿梭。新大樓、舊大樓、兒童醫院、癌醫中心，等待各種檢驗報告，接著，住進病房等著手術。伴侶像隻駝獸，背負大包小包，瘦高的身影在病房進進出出，夜晚蜷伏在不及他身長三分之二的沙發上。

我推開書就可以進入夢鄉，伴侶卻是淺睡的體質，我聽見伴侶在旁邊翻過來又側回去，顯然那張沙發沒有病床舒服。對於他，手術前整晚是難眠的夜。

隔日早晨，跟著推床，進電梯出電梯，伴侶陪我去手術室。

我可以想像，他在手術室外是怎樣的心情。一群家屬枯坐著，不時望一眼牆壁上的鐘。醫護唸名字，醫師走過來，簡直告知家人手術過程。休息室裡，那扇門有任何動靜，所有人焦灼地望著。聽到我名字，他快步上前。此刻我的名字，隨時牽動他心扉。「唸出我們的名字，即是將我們彼此擁抱。」[1]名字在這時候，正是共度的患難。經過患難，才知道伴侶的真義。

一年內兩次手術，伴侶與我，多出對望的時間。望著，看入內心一般地望著，懂得了什麼？

「看著你所愛的人的雙眼，以完整的你、全心全意問她：『親愛的，你是誰？』如果你沒有賦予適切的專注，你又怎麼能說你愛她？」[2]此刻，我益發理解這段詩意的文字。

眼睛在默默說話。親愛的，你是誰？你究竟是誰？

除了「深看」，我也專注地聽。聲波的動盪靜下來，一個字一個字之間出現頓號。聽到的，不再是語言表面上的意思。

病後，將「深聽」[3]這件事放入意識裡，我想明白了忽略的許多事。

回想過去，只因為伴侶個性好動，脾氣來時很容易暴衝，衝口就說出讓我感覺受傷的話，我經常噎住一口氣，想不出怎麼回嘴。當我自己產生了情緒，氣悶在心裡，其實聽不清楚對方要表達什麼。

因為有這罹病後的時光，伴侶說的一些話，之前覺得不中聽，好像夾雜著尖銳的玻璃碴；如今再仔細聽，大小聲底下，他想要傳遞的……不是表面這樣。

如果坦承地問答，不只他、不只我，許多人皆是如此。本身情緒升起來，便阻絕了對方的音頻，再聽不清語言表達的意思。接著，刺耳的話在心裡繼續翻騰，計較的是對方怎麼這樣對待我、他心裡究竟有沒有我之類的事，至於為什麼小事計較，為什麼隨時檢視對方是否在意我，反映的是各自生命的曠缺，許多曠缺起始於童年，更早於遇見彼此的時刻。

譬如我，我童年渴求著被愛，成長後，等待另一個人嵌入心裡的曠缺。一旦出現了那個人，他應該是一切的答案，應該滿足我一切的渴求。然而，容易麼？

關係困難的那些年，我與伴侶之間有芥蒂、有爭戰，「至深至淺清溪，至親至疏夫妻」[4]，夫妻關係的複雜性，這首詞頗為寫實。後來我開始寫作，心思專注於小說，對於我，順位排第一的總是作品。這些年下來，我持續走在寫作路上，多要感激伴侶的支持與包容。

伴侶個性比我堅毅，比我願意付出，他常是家人頻密相聚的桶箍。其中許多年，兩人因工作而分居異地，我們盡量找機會見面，在任何情況下，依然固守著這個家。漸漸我們不再年輕，相聚時間變多了。伴侶退休後搬回來臺灣，重新開始、重新適應、重新建立兩人世界的規範。等到我身體出現狀況，與伴侶之間，愈來愈像兄弟袍澤。

一個人罹病，另一個人，抱住一管機槍死守碉堡。他隨時準備衝出去，在火海中擔綱救援任務。拖著抬著，擔架上的兄弟就算再沉重，也難以放手。

恩情？義氣？到頭來，相守的意義在於共患難。

想起來極為奇妙，讓我們相遇於年輕的日子，當時，「因為我是我，因為他是他」；如今，經過漫長的歲月，「因為我還是我，因為他還是他」，不離不棄，這個他居然……還守在那裡。

躺在醫院裡回溯過往，想的是尋常日子多麼珍貴。

住院那數日，心念都是若能夠回家多麼好。推開家門一瞬，窗邊的盆栽植物等著我澆水，日用的咖啡壺懸在原來的地方，搓洗到褪色的棉布衣服套回到身上，……回家的幸福感一波波湧過來。

接下去每一個間隙、每一句靜下心「深聽」的對話，對於我，都值得細細品味。我記起樹木希林重病時說的：「如果有緣再回到人間，一定要設置一個小小的茶室，和丈夫面對面度過一個安靜的人生啊。」

這一刻，伴侶與我坐入新闢的茶室，兩張榻榻米，一人據一方，正在閒靜地品茶。

下一刻呢？

到下一刻，看似恢復健康，不免又把尋常日子視為當然。

疫情稍微趨緩，果然又生出奢想，數算再過多久就可以生活如常，不只生活如常，想著的是四處旅行。經過大病，好奇心依然如昨，繼續走天涯、歎世界，充滿期待的心情中，任何風景都將加倍精彩。

若不是因為疫情，肯定已在具體計畫行程，但有計畫就有期待，我是不是以為一切篤定，又可以一年一年活下去？

腦袋裡彷彿有個鼓槌，狠狠敲我一記：「要記住這個暫時性。」

敲醒我的是宗薩欽哲，他說：「……應該視我們的生命、我們所謂的家庭生活為一種『種康』（藏文）的體驗，基本上意思就是旅店。在旅店裡，人們登記入住，然後付帳離開。」

好像住在旅店，不時提醒自己，催人退房的電話鈴聲，下個分秒就會響起。

反過來想想，如果住下去就是永遠，會怎麼樣？

關係無論多麼美好，然而，要不要與同一個人「永遠」綁在一起？如同老鷹樂團的〈加州旅館〉最後一句：「你可以隨時退房，卻永遠無法離開。」[5]「永遠」無法離開？「永遠」守著同一個人？想像中，那樣的情境令人悚慄。

幸好有一個終結，而終結就在不遠處。心裡隨時想著，旅店退房的時間，快到了。

旅店入住又退房，這一世快要過去，下一世的緣分即將開始，而對於這一世曾經有人相伴，我將怎麼下結語？

回溯過往，年輕時我曾經渴望著愛，以為通過另一個人可以帶來救贖，多年後，病過一場才豁然明白，親密關係是個隱喻，因為另一個人，映現出自己的匱乏、偏執以及局限；也慶幸有另一個人，兩人曾經一路走過，走過激湍走過溪流，水光中我終於看清楚自己……

水流過去，如同一塊鵝卵石，我漸漸沉到河床底下。漸漸地，激湍也好溪流也罷，任由水花濺起，從身上過去……

「我全身都是癌症，但是我感謝癌症，如果沒有這種經驗，恐怕不能好好面對死亡，也不能好好理解內田了。」樹木希林與丈夫內田裕也一生分分合合，內田狂野躁動，並不適合住家男人的角色。然而，樹木希林罹癌的日子，最想見到的依然是他。

依然是他，我在心裡回應著。當年，自己有幸碰到他；卻沒有料到，罹病時，伴侶竟一肩挑起看護的角色。

望著身邊的伴侶，念頭不住流轉，我很容易墜回原來的習性，過了幾天快活日子，又開始貪戀、執念於長久、期待好時光繼續下去。看起來，我必須時時提醒自己，任何有關於未來的奢想，都是妄念。

未來，誰說得準呢？

眼前這寶貴的「間隙」，我們在榻榻米茶室中相守。聽著茶壺烹水的聲音，在我耳朵裡，伴侶正默默吐露他從不言說的柔情。

不必言說，我都聽見了。兩人心意相通，這是人生值得珍惜的分秒。

功課

與伴侶相處，我的反省可以當作例子。

譬如說，應該要分享伴侶的興奮之情，但在過去，自己是不是一向顯得冷淡？有時伴侶急欲說什麼，聲音突然高亢，其實是他想到高興的事。我的情緒曲線平緩（生來遲鈍？），瞬時間反應不過來，沒辦法抓住那些忽高忽低的音節，我常是一臉茫然，不確定他在興奮什麼。可想而知，我的反應曾讓伴侶覺得無趣。

不時應提醒自己，隨時參與伴侶躍動的情緒。

對象不一定是親密關係，隨時隨地，學著與別人一起高興，為別人遇上的好事而歡喜。

譬如一個人在表述，他（或她）有一件得意的事，無論是獲獎、升遷、找到幸福，那麼，由衷跟他（或她）一起覺得歡喜。這時候，與「我」這個人的本位無關，而是自然而然，意識到心裡的歡喜，讓那歡喜的感覺瀰漫著自己。

若是做不到，是不是因為我們太過在意自己，由自己的本位出發看事情？

若把自己的本位放在前面，在意的就是這件事與「我」是否相關，「我」因而受到什麼影響，別人在講述發生在身上的好事，自己卻把別人拿來跟「我」做比較，甚至生出妒忌、羨慕等念頭。

覺察很重要，覺察自己生出那些念頭，念頭已經淡了。或者說，那些念頭本來不是「我」的部分。

練習久了，即使那人是競爭對手，即使自己是因為那人得獎、升遷而遭到排除的人，一樣能夠分享他人的喜悅。

分享另一個人的歡喜，符合佛法的「四無量心」[6]：「慈悲喜捨」中的

「喜」。

喬瑟夫．坎伯說過：「跟從你內心的喜樂而行。」其中的「喜樂」，坎伯用的英文是bliss，這個英文字恰好與「四無量心」中「喜」系出同源，同樣從巴利語的mudita（後來梵文的ananda）轉譯而來。bliss，意思是「無條件的喜樂」，重點是無條件，並不因為跟自己的利益關係而增減。

無條件與人一同歡喜，有時候，在陌生人之間反而更自然。對待伴侶、親屬、朋友、同事，因為有許多跟自己的糾葛，不一定那麼容易。試試看吧，試著無條件地……感知並分享另一個人的喜樂，正是相處時付出真心的「真心」所在。

兒女

住院時，看著鄰室病友們的家屬來探病，經常在傍晚時分，提食盒進來的是個年輕人，陪著吃餐飯又匆匆離開。明天還要上班吧，離開醫院，就回到外面的生活。

年輕人來去醫院顧病人，同事每天在辦公室見面，可能看不出任何異狀。在這個時刻，走廊上被我瞥到的一瞬，年輕人才放心顯露疲態。離去的步履沉重，被重物壓著的肩膀，急欲卸下來什麼似的偏斜著。

家人生病是地震震央，震波一圈圈傳送周遭。我想著自己兒女，即使我不想讓他們擔心，不希望加上任何負擔，我罹癌之後，孩子們還是承受了不少壓力。

女兒遠在美國，不太會說話的稚齡小外孫，在 facetime 視訊中，揮舞著媽媽用蠟筆抹出幾個大字的畫板，「加油」、「Granny 加油！」對著手機不停揮舞。他才一歲的弟弟，兩個音節的字詞更是挑戰，嘴巴張開又闔起，跟著哥哥說出含糊的「加～油」。

那是手術前夕。

當時女兒悄悄上去網站看乳房切片結果，知道我身上是惡性腫瘤，她第一時刻就為兩個幼童辦護照。後來女兒跟我說，在嫌犯與律師群集的法院前廳[1]，人人表情凝重；唯有兩個頑皮小孩，在大廳人群中歡笑追逐。

同一時間，我正在出差途中。

女兒沒跟我說，她已經登入診所的網站查看結果。事先我叮嚀過她，等我回臺灣，門診見到醫師，惡性／良性就清楚了。不必急著查看，我不想在見醫生之前先一步知道結果。

其實也是怕女兒擔憂。我心裡估算，大概不會是什麼好消息。

當我回到臺灣，與女兒facetime視訊，我說起第二天就是見醫師的日子。突然間，手機面板上，我看見淚珠從女兒臉頰掛下，她努力眨眼也止不住。我頓時懂了。

接著，心疼的感覺湧上來，記起的是女兒小時候，我幫她擦眼淚的畫面。當年我還是年輕母親，我最捨不得女兒掉眼淚。自從女兒出世，比起大她三歲的哥哥，女兒更是我心上的珍寶。我時刻盯住家裡的活潑男孩，不准哥哥欺負到她。等女兒長大一點，我時時擔心任何人、任何事傷了她的心。事實上不只是我，我猜每位母親心願都一樣，女兒要捧在手心裡好好寵愛，尤其不能讓自己成為她的負擔。

我想著這通facetime之前的每一天，女兒知道結果卻要瞞住我，日日打起精神，跟我在視訊裡扯一些不相干的事。同時間，女兒已經在預訂機票，準備要帶兩個稚齡小孩飛回臺灣……

後續是我努力阻攔，總算說服了女兒，留在美國就好，不必帶兩個幼兒趕回來。我說動她的主要理由是孩子小需要適應，回臺灣之後睡哪裡吃什麼，我這個granny必然會操煩每一個細節，這種瑣事耗心神，將有礙我術後復原。

女兒雖然不在身邊，整個治療以及後來的追蹤檢查，她牢牢記住每一次約診時間。我一趟又一趟去醫院申請病歷拷貝，勾選申請理由時，我總是打勾「其他」那一項，在空格填寫「分享給女兒」。

女兒詳讀每份檢查報告，碰到任何醫學術語她都查得仔細。女兒又去加入癌症患者／家屬的支持團體。不解的問題丟上網站，同樣狀況的網友經常有答案。到此刻為止，女兒對我的罹病細節，比我自己更要清楚許多倍。

或許，極其微妙地，當死亡陰影籠罩著母親，兒女益發感覺到母親，來自母體的信息益發清晰。好像朝出生地洄游的鮭魚，進入了複雜的水域，衝擊過來的逆流愈險惡，愈感覺到出生地所發送的召喚。我猜想，那是孵化時水草、泥巴、礦物質等微細分子所留下的痕跡，好像導航裝置，提供一代代鮭魚回到原點的動力。

身為母親，希望自己繼續是個導航裝置。未來沒有我的日子，留下水草、泥巴、礦物質等組成的信息，繼續導引我的孩子們……

《橫山家之味》電影中，家庭每個成員都有自己的小祕密、也有自己的細瑣心機，然而，那位母親[2]過世後，她生前常用的語句，像是引路的蝴蝶，翩翩飛舞在家人心頭。

我自覺有責任，及早跟兒女分享自身的感悟。最後的時日來臨之前，包括母親如何面對病痛，對孩子亦是重要的課程。

「此已非常身，分散逐風轉」，病了，生命不再是原來的樣子，但怎麼隨風轉向，怎麼穿過病苦，當生命逐步走向終點，母親如何處理她自己，對兒女們將是未來的指引。

如果人生是旅程，如果有所謂「乘願再來」，如果來生還留有此生的些許記憶，希望我記得的是……與孩子們曾經分享的智慧。

確實是分享，許多時候，智慧的途徑翻轉過來，點醒我的反倒是兒子的一句話。譬如即將手術，兒子一直陪在我身旁，輪到我，病床往前移動，就要推進去手術室時，兒子沒說「一定沒有事」之類的話，握住我的手，兒子對我說：「好好體驗！」

術後復原的時光，兒子繼續陪在身邊，與我一起禪定呼吸。

事過後，我問兒子怎麼有這樣的覺知，手術前竟是提醒我「好好體驗」。兒子意味深長地望著我說：「都是你教我的。」

手術前幾個月，我在華山紅館開課。六堂「閱讀與禪」，兒子每一堂都在，他坐在課室中認真聽講。

如果有前世，或許我們曾互為師徒。

那是怎樣的緣分？這些年，我始終接收著兒女送給我的內心訊息。來自兒女的訊息清晰而直接，一切出自直覺。

奇妙的正是通過直覺，不必思考或估量。正好像這些年來，只要兒女出現在視線裡，我就自然以他們的需要為優先。對於我這樣的凡人，那是非比尋常的體驗。因為有這對兒女，我才體驗到自己可以無條件、無止境的付出，更重要的是，讓我有機會……體驗到甘願付出的歡喜。

做了母親，最大的驚奇在於自己竟可以變身為源源不絕的能量場。想到身為母親能夠提供的事，不免又貪痴起來，如果還有一些年，偶爾撐起一把傘，為他們擋一陣風雨。過去在某些關鍵時刻，雙魚座的兒子找不到方向，他需要談談心，母子倆就一起鋪排事情的輕重緩急。下結論的時候，我這個母親總會堅定地說，做你最想做的，其他，交給我來處理。

女兒呢？女兒是最知心的。更奇妙的是，隨著歲月更替，母女間這份知心正持續累積。環顧女兒家中，每一幅畫的來源、每一樣家具的前世今生、每一盆植物怎麼從小株養到大，都有母女倆一起經歷的故事，而我們講講就會笑起來。當女兒逐步邁入中年，如果我還留在這個世間，想必有更多知心話跟她悄聲說。

兩年前，我女兒朋友的母親罹癌，發現時已經第四期。為減輕癌末的痛苦，女兒託我從臺灣帶去指定的草本偏方。後來，那位母親走了，女兒敘述她朋友的哀傷，遺憾著此後無論發生什麼，她朋友再不能與母親分享。

有一天輪到我離去，我亦可以想像自己女兒的失落心情。發生在女兒身上的許多事，只有我記得最清楚；某些特別會心的片刻，只有母女分享才顯出其中的趣味。這個人不在了，像是互相擊掌時卻找不到對方的手掌，一隻手停在半空中，那是難以填充的空虛之感。再沒辦法重溫，只有這個人才可以一起言說的回憶。

若問我自己，有沒有捨不得？

恰似小林一茶的俳句：「我知這世界，本如露水般短暫，然而，然而。」那是小林一茶憶念女兒[3]的心情。明知露水轉瞬即消失，然而，然而，還是有放不下的心事。

承認吧，想著兒女，我還是有許多捨不得。

目前這個間隙，幸而還有時間，可以預先做些什麼。有一天，當兒女哀慟的時日，如同我沒有遠去，繼續傳遞出溫度，繼續陪在他們身邊，安慰我的孩子們……

我想要預做準備，亦因為自己身上有先例。當年我父親驟然心肌梗塞，而我沒趕到父親身邊，曾讓我悔恨了很長時間。「在最後時刻，他害怕麼？他想些什麼？」曾是迴繞在我心頭的問題。

當那一天到來，若出現突發情況，若我的兒女沒及時趕到，翻開這本《間隙》，將知道我走得安然，一頁一頁細細讀，亦會讀到我深情的道別。

此刻，不知道未來會如何。在那之前，我沉穩的呼吸、安適的生活、自在地度過每一個日子。孩子們將會明白，其中自有生命的尊嚴。

注釋

醫者

1 同〈氣旋〉之注4（見P.54）。

伴侶

1 語出蒙田，《隨筆集》，全句是：「je crois que le ciel en avait décidé ainsi. Prononcer nos noms, c'était déjà nous embrasser.」譯為：我認為上天早已如此安排。唸出我們的名字，即是將我們彼此擁抱。

2 出自一行禪師。

3 有一回，一行禪師被問到關於「深聽」（deep listening），當時一行禪師甘冒不韙，以若與賓拉登見面交談為例，即使與九一一恐怖攻擊的主謀坐在一起，不必急著告訴他道理，反而應該仔細聽他想說什麼。一行禪師說的是用心去聽，即使手上有血的人，讓對方心裡的聲音，有機會進入自己心裡。聽賓拉登想說什麼，比告訴他什麼，更有意義。

4 出自唐朝女詩人李治的六言詩〈八至〉：「至近至遠東西，至深至淺清溪。至高至明日月，至親至疏夫妻。」

5 老鷹合唱團名曲〈加州旅館〉（Hotel California），歌詞最後一句是：「You can checkout any time you like, but you can never leave!」

6 「四無量心」包含「慈」、「悲」、「喜」、「捨」，「喜」是其一。梵文mudita，翻譯成中文字的「喜」。

mudita 原本的意涵是：充分感知並分享別人的快樂。依照佛法觀點，「四無量心」皆是在放下自己的執著才有機會發生。褪除本身的執念並不容易，逐步理解自己之後，漸漸會理解到執念所由生，只是個內心小劇場，只是自編自導的一齣戲。

兒女

1 在美國，第一次辦護照，常是帶出生證明到法院申請。

2 橫山淑子，樹木希林飾演。

3 「我知這世界，本如露水般短暫，然而，然而。」原文是：「露の世は露の世ながらさりながら。」小林一茶在他自己的文字中敘述：「母親抱著過世的孩子大哭，這也是難怪的了。到了此刻，雖然明知逝水不歸，落花不再返枝，但無論怎樣達觀，終於難以斷念的，正是這恩愛的羈絆。」

後記

下一刻，不知道怎麼樣，大概是罹患過重症的人共同的心情。

在下一刻到來之前，坦承吧，我頭腦一模一樣，還是堅持要被閱讀這件事娛樂。然而，書市上那些How to開頭的自救手冊，針對疾病、食療、穴位、練氣……書名就講明白了它的實際功能，題旨太清楚，對於我反而效果不彰。

就好像我家書架上那本《小說藥方》，副題是「人生疑難雜症文學指南」（*An A-Z of Literary Remedies*），由A到Z，都有藥方？關於「雞蛋沾到領帶上」、「討厭自己的鼻子」，或者「找不到一杯好咖啡」這類「小」問題，《小說藥方》書裡對症下藥，或有解法，似乎很難幫助我這樣突然罹病的人。

於是從心底發願，自己寫一本，牽連著安慰過我的許多書，希望它做為藥方，對陷入困厄的讀者有幫助。

幫助讀者？只是發心，徹頭徹尾是個奢念。唯一可以自圓其說的是，我努力讓這本書保有閱讀的樂趣。書後的注釋是來源、是索引，也是參照體系，列舉出的書單只是開端，讀者有興趣自行延伸，它可以成為閱讀網絡。閱讀對於我，它的特質在以心傳心，石頭丟進池水，在讀者心裡擴成漣漪，每個人升起專屬於自身的感悟。

這段時間，常常提醒自己，我有的，只是間隙，始終只是間隙。

在間隙中，看到這本書漸漸現出形狀，就這樣一日一日，這本書終於完稿。下一個浪潮撲過來之前，我由衷想要分享，超乎自己能力地……想要分享。這份心意，雖然逾越了作者能力，應該可以得到讀者的寬諒。

讀後

亂念紛飛時怎麼辦？

廖玉蕙 作家

去年五月，幾個久違的好朋友約著一起吃飯，大夥兒都非常興奮、期待；沒料到約會當天才聽說平路臨時被安排去醫院做個微創手術，不能與會。「微創」經常和「微整形」連結，而「微」字也減低了我們的警戒心，大家還開玩笑地說：「下次見面，我們要好好審視她的五官，說不定是做了哪個部位的整形。」六月，我倆私下約會，才聽她說原來是肺部發現小腫瘤。雖然有點吃驚，卻因為她接著輕描淡寫次日就可以走動，兩三天就正常作息，而且當時看來她的氣色不錯，我也就沒太往心上放。

前些天，出版社寄來《間隙》原稿，看她用文字細說原委，才知她半年內竟然罹癌兩次，千迴百轉的過程在紙上吞吐如藕斷絲連，游移其中的，字字讓人心驚。朋友遇劫，雖然都已克服了，但其間歷經多少驚惶，而我竟一無所悉，兀自飲食如故。人生諸事說穿了，也只能身受，半點無法分憂解勞，想來不免讓人萬分惆悵。

我之所以對平路罹病特別感到驚奇，是因為我所認識的平路，做瑜伽、常登山、游泳，還曾泳度日月潭，對四體不勤的我來說，如此勤於健身，簡直讓我佩服得五體投地。但病魔才不管這些，它原來是隨機擄人，你再是重視養生，被它盯上，也只能任憑宰割。重要的是，壞消息無端降下時，我們學會如何來應對了嗎？

我認識的平路，輕聲細語、無論行動語言都慢悠悠的，但意志堅定。她寫小說的時候，天涯海角地找資料，書本堆疊，氾濫成災；一旦開筆，萬夫莫敵。面對病魔，她也拿出看家本領，讓頭殼打開另外的通路，像個冷靜的旁觀者，用著平緩的語調轉播一場激烈的抗戰。

《間隙》這本書呈現了平路從得知病情的不敢置信、惶惑失措到接受它並與病魔直面對決的歷程；情緒容或不免波動，卻沒有因之潰堤，平日積累的閱讀習慣發揮了安頓身心的作用。她從生理、心理雙管齊下，對外，認識、研究、分析疾病學；對內，向心理學取經，向前人的文字取暖，細細爬梳自身思維的伏流走向。

巧合的是，在初次手術之後，平路在華山「紅館」，開了「閱讀與禪／靜坐觀心」的六堂課，這系列的課程雖是一、兩年前允諾的邀約，但平路說這六堂課，像是大考前夕的一次總複習：「當時無從知曉，就在數個月後，二〇一九年底，這些功課將幫助自己再一次度過難關。」書中歷歷回顧自身受惠於閱讀與禪的種種，也像是對讀者的反覆叮嚀。

平路說：「知道逆境將至，心裡緊張就難免亂念紛飛，……」用什麼方法過渡困難的日子？她將心比心，擬取自身經驗，在相關文章的後面，都加上名為「功課」的簡要應對策略，提供患者在病中受困時可斟酌參用的良方。譬如：「遇到困境的時候，以中性詞彙在心裡描述現狀。……說不定，頭腦也因此出現嶄新的認知功能。」也或者是：「可以鋪開紙張抄《心經》、抄《金剛經》，也可以學習作家奚淞，抄寫《慈經》。」又譬如：建議拋除執念。如果生病了，卻痴想回到從前，堅持要與以往的日子一模一樣，正是「苦」的源頭，這時得學會接受；甚至是自問：「病過，再看看眼前人生，擁著不放的，剩下什麼？所謂『著境不捨』，想要牢牢抓住的，還餘留哪些？」我甚至認為這些警語不只患者可以參考，即使一般人看了，也非常受用。

拋開疾病凶險的惘惘威脅，這本書真是非常好看，一開頭就讓人著迷。書寫病房朝向手術房那段路的描繪：地磚的裂縫凹凸感；推車一路推移，推床車輪嚕嚕轉；甬道內聽到的窗外噴泉水柱聲；水池中的倒影，磚柱、拱型窗，頗有縱深的花木院落……夾雜著推床向前，「借過！借過！」志工一路吆喝……觸覺、聽覺與視覺交相出現，《星際效應》的畫面和《潛水鐘與蝴蝶》的經典獨白在腦海徘徊，恍惚迷離，魔幻般的背景刻畫，真把手術前的複雜情緒襯托得精彩絕倫，真乃寫作高手。

文中最讓我感動的是，書裡的病中深度反思，對過往的定念，有了別於以往的思考角度，更能體貼情緣；尤其寫到年輕時的一場纏繞糾結的婚姻風雪，因為重換角度審視而逐漸理解，原本化膿、結痂，成為心底過不去的坎洞終於得到填補而逐日放下，讓人看了好揪心。

總之，我喜歡書裡對應疾病的態度：「病交給醫師，命數交給我完全無法臆度的上天。剩下的事情不多。」

另外，如果你剛好有朋友告知：「我生病了。」強烈建議請先翻閱書中第五篇〈誤解〉中「說與不說」一文，並注意其中關鍵的提醒：「周邊的人，包括近親在內，從旁陪伴著就好。」有些看似關心卻讓人不舒服的話，就不必說了。

「那晚，平路告知我她生病時，我跟她說了些什麼？」我忽然擔心起來。

主未曾應許天色常藍

袁瓊瓊 作家、編劇

在朋友間，平路一直讓人覺得她得天獨厚：人長得美，偏還聰明靈慧。有文采又有識見。更厲害的是：她出入政界，竟能保有不濁不染。擔任過各種要職，然而始終有一種高中女生似的迷夢狀態。跟她的文字相比，在生活中的平路，非常迷糊，非常緩慢。我個性急，多年來，一直感覺與平路的相處，其間有時間差。往往我話拋出去了，平路夢遊似的，緩緩的，說不上來她是聽見了，還是正在思索。她極慢極慢，在時間中凝固，天長地久之後，回應了一句模糊的話。像是從億萬光年處行來，太遙遠了，以至於那回答是什麼都可以。

我因此，記不住平路的任何一句回答。記不住與她的會晤。雖然，年輕的時候，我們時常見面的。我記得或白天或晚上，記得窗外發亮的陽光，映照玻璃窗迷眼的綠；記得夜間小酒館轟轟的人聲音樂聲。不記得平路說過什麼話。她總是非常隱微，模糊，又非常美麗，精緻，清涼，就像精心繪製的某種裝飾畫。一塵不染，似乎不在現場。然而又是在的。我們聊著無聊話題，看著她，美麗，雅緻，完整，安靜。平路一直有這種「觀賞類」屬性，看著她就異常之賞心悅目。她在香港的時候，我們去看她，她走在玻璃和金屬柱支撐的大堂裡，身長玉立，仙女一般。

甚至得知了她的身世情節之後，朋友們聚在福華的餐廳裡想安慰她，平路亦是清潤如常，不言不語，亦無情緒起伏，是直到看了《袒露的心》，才知道此事於她衝擊之大。然而，傷痛進行之時，我只能說：看不出來。真的看不出來。

或許，於平路，生活是掙脫的過程，發生當時，她總是被「彈」到億萬光年外，要花長段時間，才能來到「現在」。而在抵達之前，她或許像太空人，被模糊和混沌的膠囊包裹，要到事後才能訴說。就像這本《間隙》。病過了，開刀過了，復發過了，寫完了書，我們才得知發生了什麼。

得知平路罹病，我第一種情緒是驚嚇。但是看完全書之後，驚嚇轉換成驚喜。《間隙》不同於平路的任何一本書。我在其間看到好奇心的萌芽。《間隙》中平路似乎不是那個熟練的寫作者，而像是某種道途上的新手。書中傳達出奇妙的歡躍狀態，像是得到了新玩具的孩子，迫不及待要把這些有趣的玩具（或遊戲），與人分享。肉身的割裂，似乎反倒開啟了性靈的窗口。書中寫病痛的部分很少，更多的是寫透過病痛之身所看到的那個，過去自以為非常習慣並且耽溺其中的那個，那個，從前的「我」。

人在病痛中都不免倒向靈性閱讀，平路亦然，但是思及她在患病之前已經開過禪學課程，感覺更像是透過開發覺知，使得她發現自己肉身的病灶。而帶著這種清醒去面對病情時，引用平路自己的話：「接納自己的病情，繼而客觀看待面臨的處境，其實它充滿趣味。」內在，她試著清理自己生命中的渣滓，外在，她則發展出各式心法。這些在對應疼痛，懼怕，迷惑和虛無的心法，她寫在篇章後的「功課」裡。用「功課」二字亦饒有深意。「功」是行動，「課」是學習。而平路在功課中所描述的，與其說是方法，不如說是路徑。不僅只解決病痛，其實會帶領人進入和解，與生命的和解。

書中引述了《普天聖讚》詩歌中的句子：「主未曾應許天色常藍，人生的路途花香常漫」。我非常喜歡這兩句。特地上網查，找到了全文：

神未曾應許天色常藍，人生的路途花香常漫；
神未曾應許常晴無雨，常樂無痛苦，常安無虞。
神未曾應許我們不遇苦難和試探，懊惱憂慮；
神未曾應許我們不負許多的重擔，許多事務。
神未曾應許前途盡是平坦的大路，任意馳驅；
沒有深水渠汪洋一片，沒有大山阻高薄雲天。
神卻曾應許生活有力，行路有光亮，作工得息，
試煉得恩助，危難有賴，無限的體諒，不死的愛。

字面上看，似乎是指人生橫逆不可免，但底層表達的是：要透過這些橫逆，我們才能感知到神所應許的力量，光，依賴，體諒，與愛。正像繪圖需要用陰影來表現光，橫逆正是通往這些恩典之門。

而平路，你現在正站在光中。

今後每一刻，都該當歡喜

胡慧玲　作家．「上尚講堂」策畫人

初夏雨夜，我去華山「紅館」聽平路的課。課後，心情有漣漪微微。和表妹散步回家，她說：「我不知道你對禪和靜坐有興趣。」我說，我也不知道，其實我根本不知道這系列講禪和靜坐，「但身為平路鐵粉，」我握拳說：「只要她演講，不管三七二十一，填表繳費準時報到就對了。」

「閱讀與禪／靜坐觀心」六月開講，五月平路才做了肺腺癌手術。她事後說，好像考前總複習，把曾經受益的書，仔細整理，與學員分享，彷彿也替自己打氣。因為，誰也想不到，肺腺癌半年回診時間未屆，她又乳癌確診。初夏多雨，記憶中，那六個夜晚，我都是撐傘走路前往。華山夜雨，路燈靜靜照映溼漉漉的地面和搖曳的樹影。課堂裡，偶一回頭，總看見平路的伴侶和兒子，靜靜聆聽。我忍不住心想，平路好幸福。

很多年前，從〈玉米田之死〉開始，我一讀成迷，成了平路的忠實讀者。一次又一次，為她繁複深刻多變的寫作樣貌，驚詫、著迷、佩服。很多年後，邀平路演講。不曾聽過她公開演講，身為主辦人，我是忐忑的，畢竟，講話和寫字，是兩回事。結果，超乎預期，對著滿堂的宅宅工程師，巫女似的，平路輕點魔棒，灑出金粉，燈光自動暗了下來，她悠悠緩緩，悠悠緩緩，引領眾人，進入魔幻世界，小說的神奇天地。

那是我人生中難忘的聽講經驗。平路施展魔法，宅宅工程師隨她或歡快或黯然，飛翔於文字與想像的無垠宇宙。從彼刻起，我晉升平路的雙重鐵粉。

這次，平路囑我為《間隙》寫序。我深感榮幸。猜想，她看中的，是我十年來與病相伴的經驗。

我不是病人，我是病人的伴侶。學史者如我，習於紀元，標示里程碑。十年前我夫罹癌，係我們的重大紀元。紀元前，我是阿嬌，茶來伸手，飯來張口。萬萬沒想到，五十歲，命運青紅燈大變化。家母憐惜女婿（不是憐惜我），再三交代：「你要好好照顧人家。」我夫術後感染，多住院一個月施打抗生素，折騰成皮包骨。出院前夕，他簌簌發抖，臉色慘白。事後他坦承，離開醫療團隊的全天候照顧，他非常不安，有預感很快會死在我手裡。

我每天幫他換藥洗膀胱五次，伴浴，煮飯，還要上班。感謝同事和志工自動補位，時值我在陳文成博士紀念基金會工作二十年的尾聲，原本計劃退休後當專業作家，豈知無縫接軌當了專業看護（苦中作樂，遂自稱美豔看護）。十年來，伴侶舊病方癒，又添新病。住院、開刀、急診、加護病房，成了生活基調。

那時，我的世界涇渭分明：罹癌和沒罹癌的。本國公民自有通關密語。沒罹癌的，給的安慰鼓勵建議，我通通覺得空洞，聽不入耳，你你你懂屁啊。

實不相瞞。伴侶重病伊始，我七魂六魄潰不成軍。幾年內，我迫切需要，且大量閱讀的書籍，不是醫療保健，而是生死學。我們，誰不是時刻都在和死神打照面？再不能閃避了。我強打起勇氣，面對、處理，生與死，聚與別，以安頓身心。

一次次安頓身心。一次次急診室內開刀房外，胃痛腿軟。安頓身心不是萬能，但不安頓身心，萬萬不能。

聖嚴法師罹癌後，達觀回應問候：「有痛，沒有苦。」平路病中，發心寫這本書，「希望它做為藥方，對陷入困厄的讀者有幫助。」牡蠣以肉身磨石礫為珠，《間隙》字字珠璣，是修為與智慧之作。副標題即初心：「寫給受折磨的你」。

我多麼希望不必受折磨。但，既已承受千百般折磨，回望人生，思索輕與重，苦與甜，魯鈍如我，終究學得珍惜。和伴侶、至親好友，珍惜彼此，珍惜每個間隙，每個暫時性，每個一期一會。

我甚喜歡平路《袓露的心》結尾的句子，「你告訴自己，糾結的已經過去，今後每一刻，你都該當歡喜。」

該當，真的都該當。

露珠寄寓

楊佳嫻　作家、清華大學中文系副教授

詩對於間隙極感興趣。白靈名作〈愛與死的間隙〉裡提到幾組關係，「未被蝴蝶招惹過的花／難知何謂誘惑」、「不曾讓尖塔刺穿的天空／如何領會什麼是高聳」、「沒經暴風愛撫過的雲／豈易明白何為千變何為萬化」，生命中的變因以種種樣態顯現，帶來破壞，也帶來領悟，破壞與領悟所隔未遠，愛與死拉開的縫隙或僅容一個勇敢的人側身走過。

平路三年前以散文集《袒露的心》自揭身世，命運畫下灰闌，兩個母親都是真的。而今平路再度以散文集《間隙》自省疾病引致的張皇，生死未必疲勞，反可能像按下了暫停鍵。這假期有其代價，卻並不只是對生命的掠奪、削弱，反使種種關係生出回眸細省的契機，從未停下的閱讀與修行，則重新安置了不知何所之不知如何處的情緒，讀過的文學，病程中再看都有了新面目。

課堂上我常以平路〈微雨魂魄〉和〈百齡箋〉做為小說課教材，前者寫都會公寓裡獨居的女人，後者寫政治上叱吒風雲的女人，看似前者具有普遍性，後者則更具獨特性。事實上，它們都與空間與時間、親密關係、性別角力有關，在記憶、情感、辨認或書寫中一次次想弄清楚自己是誰，為了什麼而活，怎樣在這世間被記住。它們是小說，《間隙》則出之以散文，但是，不也同樣一次次叩響這些疑問？

書中曾引小林一茶俳句，提到世界宛如露珠，然而人們卻在這露珠中執著，引發無限爭端；只要一想到這些不快、硝煙，都是露珠裡迎光背光的一痕，似乎就感受到那極重與極輕的對比，間不容髮之際，人們卻仍奮力想要擠過一條想像中的窄縫。書中還引了另外一首一茶的俳句，詩人向蜘蛛說話，說自己也不過來此寄寓。二詩相連，不正是人生如同寄寓於露珠嗎？露珠之微渺與瞬逝，寄寓於此，則人豈不更如同塵芥？

病中人對自體特別感受到無法掌控，卻也特別親近。張愛玲〈燼餘錄〉寫醫院裡的傷兵養病日久，和傷口產生感情，「用溫柔的眼光注視新生的鮮肉，對之彷彿有一種創造性的愛」。所謂「人之大患，在我有身」，留戀此身，亦即留戀此世，拋棄此身，就能獲得大解脫嗎？血肉骨脈神經竟交織連結出這樣一個「我」，「我」的思想情感氣質竟然就在此柔韌複雜的具體之內擠壓蘊生，向外以語言文字傳遞。那些苦惱、憂鬱，是心理性的還是生理性的？身與心似乎有它們自己的低語，病人則是在間隙中聆聽那低語。

《間隙》每一篇文章後面均附有「功課」，來自平路親身在短時間內走過兩次癌症的體會，有時是呼吸，有時是持咒，有時就是詩，目的都是讓人緩解，轉念，澄明。屢屢嘗試困難題材的小說，生涯在不同國度不同領域中跳轉，平路總給我深思又猛進的印象，這次她卻說，「烏雲有金邊，我告訴自己，學功課的時候又到了。跟自己的害怕做親密接觸，這功課很新鮮。」這功課對於個人可能是頭一次，普遍來說卻必然得面對。最理智最獨立的人，也會在深潭般的恐懼邊上，不自主想向一個超越性存在呼告；平路說，「雖未隸屬任何宗教，我願意相信祈求的力量」，直面恐懼，與更多的相信，是因為好好完成功課。這是矛盾的嗎？一個好文學家必然對這世界深深的懷疑，人生的功課卻敦促我們相信，或許二者是在相異而又統一的層面上成為支撐。

寄寓於露珠的此生啊——《間隙》引用一行禪師的詩，可以陪你我前行：「我依舊前來，為了要歡笑，為了要哭泣，／為了要害怕，為了要期望。」

記住這個暫時性

胡淑雯 作家

生物跟無生物之不同在於，生物是會死亡的。死，完整了「生」的定義。思考死亡，就是思考生命。當你在半年內被診斷出兩種癌症，疾病與死亡意識會打出一道「間隙」，給你完全不同的一顆心，像個全新的人一樣思考。這本書，是疾病給平路的饋贈，而平路慷慨地將它送給我們。

「當過去的思緒過去，而未來的思緒還沒有升起，中間有一段空檔時間，那是『間隙』」。這段彷佛打著空檔，擱懸著，既不後退也不向前的「暫停」，並不是慵懶的長假，而是高速運轉的引擎：一段介於創傷經驗及其象徵衝擊的，獨特的時間。在這段間隙中，平路嘗試以長者的智性，回望小孩般頑皮的自己：那些跑來跑去的念頭，身而為人的冥頑不靈，種種雜念、不安、匱乏與嫉妒……要如何安住自己的一顆心？自「多心」的苦厄離開，練習收心？「呼吸之間有隙，念頭之間有隙」，平路在病中的種種閱讀、思考、與「禪」的練習，就是「間隙」的創造。

如果還有執念，大概就是寫作了。但，寫作的意義，在平路看來，已不再是存在主義式的「自己與自己的搏鬥」，而更傾向於「自我的褪色」，理解自己的獨特性，是為了忘記自己的獨特性，正如同，癌症並不是什麼特別的例外，而是普通人的尋常疾病。而這種「與他人連結」的能力，所謂「慈」，在她看來無非是，「不把任何人趕出自己心房」。如此不怕笨拙，無懼凡俗，不假高深，公然在讀者的面前示弱，真是溫柔可愛極了。生活自然會將日子還給你，直到被慣性支配的常態，於是時時提醒自己，「要記住這個暫時性」，然而，終究捨不得，久久又不免貪痴起來，想著，如果還可以這樣那樣，去這裡那裡，該有多好。

照見

賴芳玉　律師、作家

「間隙，寫給受折磨的你」。

第一頁斗大的字，就讓我哆嗦地翻閱書稿，只因我有個被醫療監控的身體。正是疾病王國與健康王國的分歧者，審判時間很長，沒有辯護人，孤身站在被告席上，一庭接著一庭的開著，苦不堪言。然而望著坐在旁聽席，揣著擔憂卻要演出安好的伴侶，我也只能跟著佯裝無所謂，不過偶爾不成功，任由皮膚的毛細孔抖出些許惶恐和無助。

沒人教我們怎麼面對疾病，只能土法煉鋼，身為分歧者的我，苦思也苦笑著。「身體出現狀況，病了，可有輕減憂患的特效藥？」平路不說減輕身體痛苦，而是輕減心理「憂患」，我幾乎觸摸到她輕柔的慈悲，因為那是我說不出的脆弱。

她繼而溫柔地書寫著，「有的有的……」，有本書《該怎麼生病》，一位罹有罕見疾病的法律系教授托妮・伯恩哈德的作品，這位作者用天氣做譬喻。

然後她引用佩瑪．丘卓的話：「你是天空，其他一切事物只是天氣。」又摘錄小說家道格拉斯．亞當的文字：「不要想修改天氣，只能在其中過日子。」

我憶起每每躺在地上做瑜伽大休息時，偷偷瞇眼凝望窗外綠意，襯著湛藍天空、透著陽光的璀璨，耳畔傳來瑜伽老師的叮嚀：「讓念頭像白雲，來來去去，看著她來，看著她走，別給她重量……」多有哲思的話語，我總接著想，念頭給了重量，雨就滂沱下起來了吧，而大部分的時間，天空依然蔚藍，我卻被淋成落湯雞。

書中援用宗薩欽哲的「出離心」，提醒：「你最重要的東西，就是你最需要出離的對象。」「它往往是你最不希望出離和最難出離的東西，但你還是要出離。」

是了，執念過深，行走間都是泥淖，該如何修得「出離心」？此時我似是聽見聖嚴法師問：「你的般若呢？」般若意指智慧。

記得前些時候，我開立一個音頻Podcast，邀訪一位研習宗教人文及生死學的心理師，他說禪七後得到一個很深刻的體悟：「太熱烈地活著，到最後會被證明是一件愚蠢的事」、「當活著對你來說是一件事，死亡才開始對你產生威脅。」這兩句話震得我碎了聲音，失語般地遲遲無法回應。

我總想活著是還有很多未竟的事、未完成的夢想，前年一位才女作家驟逝，她的朋友提到才女作家曾說：「我不想死，我要活下去，我還年輕。」我想當下的她也是這般的想著吧。平路在書中給了一個答案：「當死亡不一定是終結，此生的意義，就不是我們此刻感知的那般局限或狹窄」，對照著那位心理師給的體悟，我的念頭彷彿有了片刻的間隙。

我身體被監控的地圖，和平路幾乎是一樣的。我望著醫生皺眉摸著我的左胸，無奈地任由檢驗師用超音波探頭儀器在左胸來回滑動，似乎不斷確認什麼，然後傳來滴滴聲，彷彿在確認異物的大小，體驗粗針進入左胸的感覺，痛不痛，已不記得，只記得憂慮跟著針頭走；也曾躺在像太空艙的地方，不敢睜眼，因為沒有滿天星斗相伴，然後呆望著肺部電腦斷層掃描的照片，檢驗醫生的解說，嗡嗡作響，我只覺得她在說一個與我無關的醫療統計。「我和別人哪裡不一樣？」不僅別人這麼好奇探詢著，連我自己都反覆地追究這個問題。

平路說：「病人活該得病的說法，按蘇珊．桑塔格的理論，乃是讓整個社會鬆一口氣。」我想標籤著疾病王國的人，只是為了確認自己是健康王國的人，但都是徒勞無功。如蘇珊・桑塔格所說的，「每個人都將成為疾病王國的公民，遲早而已。」

讀完整本書，開啟了我很多的功課，如平路引用佩瑪・丘卓的書中文字：「佛性，喬裝成害怕。」在害怕裡頭找到了另一個「我」，便是心理學教授金樹人在《如是深戲》所說：「就如同『正在難過』與『正在觀察難過』，只不過移開毫釐的心理位置，差之可以千里矣。」

透過「間隙」，照見我，感謝這本書的慈悲。

間隙裡看見閃爍的光亮

莊慧秋　作家、心靈書寫課程講師

拿到《間隙》這本書稿，我一開始閱讀就停不下來。一方面是基於朋友之間的關切與疼惜，但更重要的是，我也是疾病王國裡的子民，平路在書中所記述的醫療經歷和種種心情，還有那些靈光閃現的思緒和感悟，我全部都懂。這樣深刻共感的閱讀經驗，正是疾病書寫最動人之處。

我覺得，罹癌就像踏上內在靈魂的朝聖之旅。死神的衣角若隱若現，讓人驚慌害怕，清楚意識到生命的短暫和脆弱，不知道自己還有多少時間，不知道大限何時會突然降臨，面對著不確定的未來，每個旅人的行囊裡都收藏著一些可以安頓身心的私房法寶。平路的法寶是閱讀和禪修。我很喜歡她在書中擷取的那些文字和詩句，也很喜歡她在許多篇章後面所附的各種功課，看似簡單平常，卻很實際且受用。不論你是健康王國或疾病王國的子民，都可以從她的真誠分享中，領受到一份緩慢定靜的溫柔能量。

《間隙》這個書名取得真好。因為疾病，生命的視野不一樣了，潛意識裡躁動的生存焦慮逐漸平息，原本習以為常的忙碌和追求也失去意義。於是，我們有餘裕看見許多間隙，存在於所有事物之間：健康與疾病、快樂與憂傷、堅強與軟弱、清澄與愚痴、放下與貪戀……就像走進夜幕籠罩的曠野，我們才終於抬頭仰望心靈的浩瀚星空。

謝謝平路的書寫，提醒我們珍惜生命的每一個片刻，在間隙裡看見閃爍的光亮。

當肉身成為修練場

陳雪 小說家

未生病之前我們總是用頭腦在生活，肉身不過是用來驅使腦子可以寫下作品的容器。像我們這樣的作家，總是在疾病來襲時，才意識到自己的肉身也不過是一具凡胎，生老病死，苦痛痠疼，什麼都可能降臨。這個肉體，無比脆弱。

平路的這本書並非求醫紀錄，而是一場疾病的來臨如何改變她觀看自己與觀看世界的方式，如何讓一場病，變成一段不凡的旅途，治病也治心，重新澈底把自己的靈魂，精神，肉體，創作，翻開，檢視，理解，並且從而把這具受苦的肉身成為一個修練場，真真實實地，刻骨銘心地，把自己又修練了一回。

學習永無止盡。

在間隙中，仍能擁有一方陽光

周慕姿 諮商心理師、心曦心理諮商所負責人

若你得知自己或身邊的親人得病，你會選擇用什麼態度來面對這一切？

面對悲傷或重大災難事件時，心理學家時常用悲傷五階段[1]來說明其中的心理轉折：

否認、憤怒、討價還價、沮喪、接受。

看似只有十多個字的「說明」，卻是許多人內心各種掙扎的負面情緒循環，就在我們的心裡、腦裡，讓人逃不出，困在想像的牢籠裡面，痛苦不堪。

「為什麼是我？」或許是我們最常閃過腦海的問題，它抓住了所有注意力，讓我們想破頭、希望找出一個答案：是不是我吃了什麼？做了什麼？還是沒有注意到什麼？

我們期盼能夠找出一個答案、一個理由，那代表一個可控的結果，能夠讓目前失控的狀況獲得緩解，讓我們驚惶的心可以稍稍平復。

但在找答案的過程中，很多時候，我們反而更加自責、憤怒、沮喪、痛苦，甚至有時候，還會遇到別人想為我們找答案，我們更覺得被責備、不被理解。疾病，似乎包裹住了我們，讓別人無法看清我們真正的樣子；而我們因而無法脫離疾病的框架來看這個世界，與世界的距離，也愈來愈遠。

當罹病之後，為什麼我們會被「疾病整個包裹住」？

除了因為周圍的人對疾病的想像與恐懼，在面對你時，會全部投射到你身上之外；也包含：我們對於「原本的自己與生活」，開始往不可控的方向改變的「失落」。

或許我們會想：「不是我要讓這個疾病影響我，而是它真的很影響我。」

在這個過程中，最困難的部分，或許就是——

我們對於失去了過去的生活與世界的「哀悼」，也就是在悲傷五階段中最難達到的：「接受。」

「有一個與生俱來的錯誤，那就是我們認為來到這世界，目的是要過得幸福快樂。」在「執念」的這個篇章，作者用叔本華的這句話，開啟了「哀悼與接受」這個部分的重要思考。

「疾病，就是要讓我們受苦的。」這句話、這個想法，應該是大部分的人的理解。疾病就像是個牢籠，我們掙扎著想要掙脫，想要變回以前的生活。

問題在於，當開始罹病的旅程之後，就算疾病痊癒了，我們與之前的自己，其實仍再也不一樣了。

作者在書中說的一句話，是眾人的癥結，也深刻地打中了我：

「病了，習慣跟自己訴『苦』，跟別人訴『苦』。想一想，我們要表達的僅僅是：生病的日子跟原本的日子不一樣。不一樣讓我們不安……」

是啊，當我們的生活已經開始改變，開始不一樣，那些「改變」與「失控」，很容易讓我們失去安全感；為了獲得安全感，我們希冀用各種控制，各種努力，希望將生活變回和之前一樣。

這樣我們就不用面對，這個「不一樣」所帶來的未知與不安。

但作者在這本書中，誠懇地、真實地面對「疾病」，面對自我內心的掙扎，面對這個疾病對自己帶來外在與內在的影響，包含對自己與生活的期待、人際關係，以及對死亡的思考。

在重大的事件發生，突然讓我們發現：原來日常平靜的一切，是那麼珍貴；原來能夠感受，是一件很美好的事；原來，身邊有很多愛我的人；而原本我在意的事，其實在「生命無常」的巨大身影下，居然如此微不足道。

原來，平常我花最多時間的，不是我最珍貴、最重要的事物。

而在死亡與無常之前，一切卻變得極為清明。

讀著《間隙》這本書，想著作者如何超越那些一般人定義的苦痛，用清澈透明又溫暖的眼光，讓我們重新看待疾病、自己、他人與世界，也重新看待生命與死亡。

緩緩爬梳著，如秋日暖暖的陽光、微微的風，輕輕照亮內心陰鬱的一角，吹掃開那些糾結的思緒。

為你我，騰出一方間隙，讓心靈的靜謐有機會流了進來，帶來平靜與自在。

在這裡的我們，能夠放過自己，放下追尋已逝去的過往、與擔憂未知而不可控的未來，能夠享受當下；了解疾病是我們生命的一部分，而不是全部。

讓我們能夠重新理解生命，認識自己真正的樣子，真正的需要。

這，正是《間隙》這本書最重要的意義：送給受折磨的人們，一個喘息與平靜的空間。

1 悲傷五階段（The Five Stages of Grief）：由美國精神病理學家 Elisabeth Kübler-Ross 所提出。

不如快活！

劉昭儀 水牛書店×我愛你學田市集負責人

我一直欽慕的是平路迷茫又浪漫的特質。但這次被震撼的，卻是她清明又冷靜的覺察體悟。

仔細想想，其實這些過去一直是同時存在於平路的文學創作中；然而這次不只是藝術層次的燦爛煙花，更是以生命直視的坦誠相見。

去年，我陪伴了重要的朋友一起經歷對抗癌症的過程。但此刻，我透過平路的書寫，才知道自己是多麼天真無知、渾噩疏離。如果，我能更深刻的學習理解命運與性格的課題，或許可以讓朋友和自己更勇敢、更放鬆地欣賞百轉千折的生命里程。

經歷了重開機的過程，平路以文字將自己的人生重新分類建檔。不論是因病而體悟的智慧或哲理，全都條理分明的邏輯序列，只要置入個人的節奏與情緒，就能讓自己的心靈深呼吸、再升級，迎接不可知的未來。

然後，我們碰上所謂命中註定的驚慌失措、失意氣餒，或悲傷無助時，可以知道如何站穩迎接、平靜面對、甚至談笑風生……有了這樣的準備，便可以悠哉的心態享受快活人生了！

生病的自己眺望健康的自己

蔡詩萍　作家、主持人

每一位作家，都是以自己的方式，在面對世界。

「以自己的方式」，是不是誠懇，最終要看作家怎麼面對自己。

平路連續兩本書，都在挑戰這個命題。上一本，挑戰「自己是誰」，從哪裡來？往何處去？身世之謎，是人生之謎。這一本，挑戰「健康的自己與生病的自己」，究竟哪個比較真實?!

平路的小說一貫特色，娓娓道來之間，夾敘夾議異常冷靜。我讀她的文字，總感覺這世間確乎需要「平路式」的視角，在溫柔與雄辯之間，讓我們得以明白，許多人事，在雜遝的喧囂裡，需要誠懇的感受，誠懇的告白。

生命布滿間隙。我們往往卻以為，邁開大步穿越即可。然而，一道意外的間隙，足以讓人領悟：人生的完美，是需要間隙來完成的。小說家平路再一次以自身的幽暗荊棘，照亮了文學的無垠的平野。

無常是日常

洪仲清 臨床心理師

之前因為傾慕作者的人與文字，想參加作者的活動，但後來作者臨時無法參與，心中便暗暗滋生憂慮。看到這本書的當下，一時諸多感觸，心中不斷默默祝禱作者身心康健。

作者是我的學姐，一直是我們系上的傑出系友，但我是從《黑水》才開始注意到，相見恨晚。又再到《袒露的心》，儘管我對作者還是不熟，但已經跟不少朋友公開介紹這本書，還有背後的故事——討論原生家庭裡的創傷與和解。

作家常常經歷獨自摸索，走到遠方之後回望，用自己的歡笑淚水化為指路的光芒，讓後來的人少些跌撞，但有更為豐富深刻的體驗，成為旅途上的資糧。

「間隙」這個詞，就這本書的脈絡來說，類似一個已經設定好的時間軸的中斷。我們人常有一個假想的未來，行事曆裡面排滿了邁向未來的踏梯，我們常常忘了無常與意外會到來。

其實無常是日常，意外也常常來，只是我們的大腦選擇性地忽略，讓我們多些確定性，也多些安全感。

疾病也不是一個突然的狀態，我們身體裡常有細胞死去，偶爾就有一些身心症狀，即便不一定發展成符合疾病的診斷。還有不少人有近視、慢性病、身心壓力症、家族遺傳……疾病一直都在，只是現代醫療，不斷給予各種身心狀態貼上醫學教科書裡的標籤——而且教科書是愈來愈厚了。

「間隙」不是間隙，它從來就是時間軸上的本體。作者藉著這本書道別，這道別不一定從此不再相見，比較像思念，先預習思念親愛的人，還有謝謝自己這一生沒有選擇平坦的路，所以走出眼前的璀璨豐富。

上了同一堂沒人教的課

王小棣 導演

被告知確定是惡性腫瘤的那一刻，嗯，像是隨即凍結的爆炸。藏在哪裡的一、兩公分的微小突變，在醫生開口告知時發出砰然巨響，讓人瞬間位移親見自己來到冰冷的死別前夕……窘迫狼狽地顫抖回望來路，不都一直還在學怎麼活嗎？沒人教過怎麼告別啊。

平路是我北師附小的小學同學，她總是名列前茅，我總是沒寫功課常常罰站挨打，幾十年後好學生和壞孩子又先來後到地上了這同一堂沒人教的課。

看到書裡寫她兩次歷險還可以擁有和先生各據茶室一角看書的「間隙」，不禁為她拍掌叫好，人生有這點「間隙」真好啊！

如果二阿姨來得及看到這本書

大師兄《你好，我是接體員》作者

大約在我國中的時候，我小時候最照顧我的二阿姨，打了通電話給我，電話中，她告訴我：「嘿～小胖～你現在讀書讀的好嗎？現在還缺什麼？書有沒有好好讀？讀書很好呀！你要好好讀書，以後才能照顧外婆呀！缺什麼跟阿姨說，阿姨幫你準備好！」在電話另一頭的我，根本不知道阿姨在說什麼？阿姨傳達什麼？那個時候，有一臺筆記型電腦，是一件很酷的事情，所以我跟阿姨說：「阿姨，我知道啦，我會好好讀書，但是我缺了一臺筆記型電腦！」阿姨很開心地跟我說：「好！好！只要你努力讀書，阿姨絕對買給你。」

過了幾週，我跟著我父母回去外婆家，我看著我最愛的二阿姨。她看起來有點憔悴，一頭烏黑的長髮不見了，那是一個炎熱的季節，而她卻帶著毛帽。看著我很開心地問我說：「來來來，給阿姨抱抱，這次考試考得好不好？有沒有認真讀書？」

我內心有點嚇到，因為阿姨有些不一樣。她比從前更加熱情。以往的她，總是板著一張臉，有著長輩該有的威嚴，眼神中卻依舊洋溢著滿滿慈愛。雖然後面那些有沒有讀書的問法還是一樣，但是前面那句，「給阿姨抱抱」這是她之前從來說不出口的話。

我隨口回答阿姨的問題，眼神卻熱切地看著她，心裡只想：「阿姨，說好的筆記型電腦呢？」阿姨似乎沒有意識到我那熱切的眼神，只是跟我閒聊一些無聊的問題：「讀書快樂嗎？」「有沒有照顧自己呀？」「炸的少吃一點呀！」最終，我還是忍不住問了她：「阿姨，你不是說要給我電腦嗎？」阿姨想了一下，笑著說：「你看，我都忘記了，等等帶你去買。」

等到她要帶我出門的時候，我的另外一個阿姨跟我說：「你二阿姨不是真的要買電腦給你，她沒有錢，她是生病了，等等出門你就說沒看到喜歡的，快點回來。」記得當時我聽完後，簡直晴天霹靂，我根本沒聽到那句「阿姨生病了」，我只知道，電腦沒了。從此，我對我二阿姨很不好，因為她騙我！

同年的過年，我回到外婆家，阿姨很開心地等著我回來。我一下車她就跑過來抱著我，跟我說：「來來來，新年快樂，等等阿姨帶你去買炸雞。」阿姨的氣色比之前更差了，笑容卻比之前更燦爛了。她拉著我去市場，買了炸雞，我心想，阿姨不是都不吃炸雞的嗎？

等到我們回家的時候，我問她這問題，她笑著跟我說：「不要想著什麼可以吃，什麼不能吃，那些書上說少吃的，阿姨一輩子都不吃，現在還不是生病了。炸雞好好吃唷，阿姨到四十歲才知道，等等我們回家一起吃。」我在旁邊「科科」笑，炸雞的好吃，我七歲就知道了，阿姨你怎麼現在才知道！

之後有幾年，我常常去醫院看阿姨，一下說病好了，一下說病又來了，什麼轉移，什麼復發，我都不知道。後來在見到阿姨的時候，我媽叫我快點出門，說這很著急，叫做奔喪。

就這樣，我失去我最愛的長輩。長大之後，某一天，我想起這件事情，我哭到不行。阿姨小時候因為家裡環境不好，所以沒辦法讀書，她叫我要讀書，是因為她的遺憾，想讓我來彌補。阿姨希望我顧好身體，是因為她生病了，她不想讓我也跟著生病，阿姨希望我照顧阿媽，這是她認為自己會比阿媽先走，希望我可以代替她好好照顧阿媽。原來，那個時候，阿姨她不用文字，反而是用行為，告訴我她的渴望，她的著急，她的無助，她的遺憾。而當時的我，卻沒能感受到，只覺得阿姨變得很奇怪。

我在閱讀這本書的時候，心中滿滿都是我阿姨。老實說，我真的沒在看書，所以我不知道平路姐過往的書籍、過往的經歷，能受邀請幫她寫一篇序，其實我很心虛。

但是我開始看這本書後，我覺得，她就是一個生病卻很堅強的姐姐，透過文字，記錄著她從生病的無助到坦然接受的感受。文字，是多麼有魔力，透過這些文字，慢慢引導著我體會到她的感受，也幫助我從腦中召喚出當時二阿姨的感受。

我讀完一段，我回想一段，我寫下一段，我再讀一段，又再回想一段，到最後，我放下書籍，也放下長大時回想起阿姨的那一段愧疚。

有點遺憾的是，這本寫下療癒過程的書籍，我沒能給我阿姨看，或許這些疾病所帶來的轉折和心境，在她心中也是有無數一樣的共鳴，或是這書可以帶給她一些另類的想法，但是，對她來說都來不及了……

希望還來得及的讀者們，可以藉由這本書，來思考這些問題，畢竟，經歷這些，再寫下這些，真的很值得一看！

關關難過關關過

陳耀昌《福爾摩沙三族記》、《傀儡花》作者

接到出版社的信函，我回信編輯，「其實這些文字中，我也隱藏在某個角落，哈哈。」（所以當然樂於列名啦）。更巧的是，收信第二天，就遇到平路本人，她神采奕奕，一襲紅彩衣裙，臉上帶笑向我打招呼。一看就知現在已遠離癌症，真是太好了。

我和平路的關係多重。我的第一本小說《福爾摩沙三族記》的最重要的推薦序就是平路寫的。所以她既是我的文壇前輩，又是好友。而我本人，曾因罹癌而領到健保局所發的重大傷病證明。我的得獎作品《傀儡花》，就是這段治病期間寫的。在我接受放射線治療時，我也在臉書上po文公開了我的病情。

對平路而言，我是作家朋友，又正好是腫瘤科醫師、健康諮詢顧問，更巧又是癌症過來人。我的多重身分，對她這本「癌友心路歷程」，自然以各種角度心領神會。最重要的，我與平路都非常幸運，都能治癒。

回首那段忐忑不安的日子，也許度過難關的最佳方法就是：樂觀面對，繼續勤奮工作，不要中斷寫作。而我們的好運道是，能有好醫師診治，能有好家人照顧，能有好朋友支持。

祝福作者及讀者們：關關難過關關過。

間隙　寫給受折磨的你

作　者—平路
主　編—李麗玲
責任企劃—金多誠
封面設計—文皇工作室
內頁設計—文皇工作室、江孟達
內頁排版—立全電腦印前排版有限公司

總 編 輯—曾文娟
董 事 長—趙政岷
出 版 者—時報文化出版企業股份有限公司
一〇八〇一九台北市和平西路三段二四〇號七樓
發行專線—（〇二）二三〇六六八四二
讀者服務專線—〇八〇〇二三一七〇五
（〇二）二三〇四七一〇三
讀者服務傳真—（〇二）二三〇四六八五八
郵撥—一九三四四七二四時報文化出版公司
信箱—一〇八九九臺北華江橋郵局第九九信箱

時報悅讀網—http://www.readingtimes.com.tw
時報文化臉書—https://www.facebook.com/readingtimes.fans
法律顧問—理律法律事務所　陳長文律師、李念祖律師
印　刷—勁達印刷有限公司
初版一刷—二〇二〇年十月三十日
初版七刷—二〇二四年四月二十六日
定　價—新台幣四二〇元

時報文化出版公司成立於一九七五年，
一九九九年股票上櫃公開發行，二〇〇八年脫離中時集團非屬旺中，
以「尊重智慧與創意的文化事業」為信念。

間隙：寫給受折磨的你 / 平路作. -- 初版. -- 臺北市：時報文化, 2020.10
面；　公分.
ISBN 978-957-13-8416-0(平裝)

863.55　　109015882

ISBN 978-957-13-8416-0（平裝）
Printed in Taiwan